ENTRE PÉCHÉ ET SILENCE

GLACE ROUGE SANG
TOME 4

WILLOW FOX

Entre péché et silence

Glace rouge sang, Tome 4

Par Willow Fox

Publié par Slow Burn Publishing

Publié à l'origine sous le titre : Between Sin and Silence

Traduction et révision par Slow Burn Publishing

Couverture par Slow Burn Publishing

Cover Design by GetCovers

UN

LUCA

J'ai peut-être été un connard, à balancer Ashton hors de la voiture pendant une planque pour mon père, mais je ne mérite pas ce qui arrive ensuite.

En essayant de redescendre le flanc de la montagne pour planquer le véhicule, je me retrouve face à une autre voiture qui me fonce droit dessus, pleins phares.

Et ce n'est pas le pire. Le véhicule pousse, dur et vite sur la neige glissante, m'obligeant à manœuvrer en marche arrière sur la route étroite à une voie, couverte de neige.

Ils ne ralentissent pas le moins du monde.

Alors que je parviens à négocier les virages serrés en marche arrière, jusqu'à la cabane abandonnée, je n'ai nulle part où aller. Aucune échappatoire. Même la nuit ne me protège pas.

Et aucune trace d'Ashton.

Désespéré, j'essaie d'appeler Dante, mais il n'y a pas de réseau. Rien d'étonnant. On est au milieu de nulle part.

Des hommes déferlent du véhicule en face, bloquent la route, armes au poing, le moteur au ralenti, les phares m'aveuglent.

Une silhouette sombre s'avance. L'homme assis derrière le conducteur fume une cigarette. Elle pend à ses lèvres quand il lève la main droite et fait signe aux hommes armés d'avancer.

Deux types que je ne reconnais pas se ruent sur ma portière côté conducteur, brisent la vitre, ouvrent la portière et me tirent dehors, me traînant par les bras, me laissant les jambes traîner sur la route froide et enneigée.

Je suis entièrement à leur merci.

— Lâchez-moi !, je hurle, en me débattant contre leur poigne, en les repoussant, en donnant des coups de pied pour libérer mes jambes et en me tortillant pour me dégager.

Deux autres me cernent, armes braquées et prêtes à tirer.

Cinq contre un.

Moi.

Pour qui est-ce qu'ils me prennent ?

— Qu'est-ce que vous me voulez ? Je fais semblant de ne pas comprendre ce qui se passe, mais ce n'est pas difficile de jouer les imbéciles quand je ne reconnais pas ces hommes. — Je me suis trompé de route. Écoutez, désolé ! Je retourne sur la route, je trouve mon chemin jusqu'à la station. Je jure que je n'ai rien vu.

Si seulement je parviens à les convaincre que je n'ai rien à faire ici, que je suis un touriste venu en vacances pour skier.

Je ne suis pas loin de Blue Sky Resort.

Ils m'ignorent.

Ils me traînent à l'intérieur de la baraque, une cabane abandonnée, le plafond à peine rafistolé, l'endroit tombe en ruine autour de nous, les lattes du plancher cassées à chaque pas.

Je m'attends à passer à travers le sol ou à me coincer une jambe et me la casser.

Les hommes me mettent à genoux. — Ne fais pas de conneries, dit l'homme à ma droite. Il a un fort accent italien et une cicatrice lui barre la mâchoire.

Mafia.

Il doit appartenir à une autre famille du milieu, parce que ce n'est pas un Ricci et il ne fait certainement pas partie de l'organisation de mon père.

Je le saurais s'il était des nôtres.

— Debout. Avance, grommelle l'homme, le pistolet dans mon dos, en me poussant plus loin jusqu'en haut de l'escalier du sous-sol. Il actionne l'interrupteur ; les néons vacillent puis inondent la cage d'escalier de lumière.

Une vilaine lueur fluorescente qui se met à bourdonner.

— Vous faites erreur, dis-je, en essayant encore de les raisonner. — Je suis là pour skier. Je me suis trompé de route, parce que manifestement, ce n'est pas la station.

Le canon dans le dos, il me pousse à accélérer.

Je ne suis même pas sûr que mon poids sur les marches ne m'entraîne pas en bas de l'escalier.

Je m'arrête une fraction de seconde et je sens le métal dur se repositionner contre l'arrière de ma tête. — Ne fais pas de conneries, me presse l'homme derrière moi.

Message reçu.

Je continue à descendre les vieilles marches qui grincent.

Pas de rampe. La peinture s'écaille sur les murs.

L'endroit a l'air abandonné, mais il est

clairement alimenté. Quelqu'un paie les factures. Aucun bruit de générateur, aucun indice qu'on soit hors réseau.

On s'en sert pour quelque chose de bien plus sinistre.

Le sol du sous-sol est en béton, net, propre, avec une couche de peinture récente.

Ce n'est pas la seule odeur fraîche qui flotte dans l'air.

De l'eau de Javel.

Ce qui veut dire qu'ils ont probablement buté des types ici. L'odeur piquante du produit me brûle les narines.

Le deuxième, celui qui m'a arraché de la voiture, traîne une chaise pliante en métal sur le béton. Le crissement me glace l'échine.

Des cartons, près du mur le plus proche de l'escalier, empilés à hauteur de taille sur la quasi-totalité de la pièce.

Stockage et mort.

Drôle d'association.

Une autre porte au sous-sol, hermétiquement close, avec un cadenas. J'imagine sans mal ce qu'elle peut cacher.

Un autre homme, celui-ci avec une barbe fournie et de longs cheveux sombres, mêlés de noir et de gris. Il me lève les bras sur les côtés et me palpe. S'il cherche une arme, je n'en porte pas.

— Il est où, ton téléphone ?, grogne sa voix rauque. Il n'a pas la moindre pointe d'accent. Je parierais qu'il a grandi dans le coin, qu'il bosse pour l'homme à la cigarette, sans doute un soldat. Il ne me fait pas l'effet d'un capo.

— Je ne l'ai pas sur moi. Je ne lui donne pas plus d'infos que nécessaire. Il est dans ma voiture ; à eux de le découvrir.

En me fouillant à fond, il sort mon portefeuille.

— Je voudrais le récupérer ! Je pivote pour lui faire face. Je n'ai pas beaucoup d'argent, mais je n'ai pas besoin qu'il me pique le peu de cash que j'ai sur moi.

Cela dit, pour un braquage, on n'est pas dans le cliché. Et la mafia ne s'emmerde pas à voler le portefeuille d'un type. Elle fait plutôt chanter la petite boutique du coin.

L'homme barbu ouvre mon portefeuille et en tire mon permis, qu'il examine de près.

— Luca Ricci. Sa voix est rauque et son regard, sans détour. — Pourquoi ce nom me dit quelque chose ? Il apporte ma pièce d'identité à un autre de sa clique, le balafré qui a traîné la chaise pour que je m'assoie.

— Comme dans *le* Don Ricci ? Son accent va et vient, une légère touche italienne reconnaissable à une oreille attentive. On dirait qu'il essaie de la masquer. Son sourcil tressaute tandis qu'il me fixe, me jauge, comme s'il me reconnaissait.

Impossible.

Je le saurais s'il bossait pour Dante. Je n'ai peut-être pas été dans la confidence de toutes les affaires de mon père, mais s'il faisait partie de la famille, je l'aurais vu au domaine.

Ils se sont peut-être croisés, mais quoi qu'il se soit passé, qui qu'ils soient, ces types veulent du sang.

Avec un peu de chance, pas le *mien*.

— Assieds-toi. Le balafré pointe son arme, me faisant signe de poser mon cul sur la chaise.

— Je préfère rester debout. Plus je grignote des secondes, plus j'ai une chance de m'en sortir.

Aucune trace d'Ashton, donc il reste mon seul espoir de fuite ou, au pire, d'avertir mon père de notre putain de boulette et que je me fais choper.

Dante va envoyer ses hommes me récupérer, non ?

À moins qu'Ashton choisisse de ne rien dire parce qu'il m'en veut.

Je lui ai tout de même dit de dégager de ma bagnole, en plein froid glacial.

Putain.

Et de toute façon, mon portable ne capte pas ici. Je doute que celui d'Ashton capte non plus, mais peut-être qu'à force d'essayer, il parvient au moins à envoyer un texto.

— Comme tu veux. Le balafré ricane, enfile un coup-de-poing américain, puis m'écrase son poing en plein torse.

Je jure que mes côtes craquent ; la douleur irradie, je me plie en deux, haletant, et je m'effondre sur la chaise sans vraiment m'asseoir.

L'homme me relève par les cheveux et me plaque le cul sur la chaise métallique glacée.

Des pas lourds descendent l'escalier. C'est l'homme qui fumait. Ses cheveux cendrés et sa mine sombre m'irritent, comme s'il essaie de me percer à jour.

— On dirait qu'on a mis la main sur Luca Ricci, dit le balafré à l'homme plus âgé qui a la clope au bec.

Il retire la cigarette et l'écrase par terre. — Vraiment ? Il incline la tête, son regard rivé sur moi, et un sourire de travers lui échappe.

Mon cœur s'emballe et ma respiration s'accélère.

Je n'aime pas qu'il connaisse mon père. — Quel que soit le contentieux entre Dante et vous, ça ne me regarde pas.

— Que tu viennes rôder jusqu'à *ma cabane*, ça me regarde. Son ton est rauque quand il s'avance et fait un signe au type qui m'a déjà frappé de me remettre une couche.

C'est comme un feu dans la poitrine, qui me fait tousser et haleter tandis que j'essaie de reprendre mon souffle. Sur la glace, je me suis fait plaquer des centaines de fois, je me suis fait faucher sans m'y attendre, mais rien n'égale la brûlure qui me dévore en ce moment.

Chaque inspiration me brûle tandis que je siffle en cherchant de l'air. La douleur irradie dans tout mon corps. — Je ne me faufilais pas, dis-je d'une voix rauque. Je me perds, je tourne en rond.

— Un Ricci tombe par hasard sur ma cabane au milieu de la nuit ? L'homme penche la tête, se baisse, ses yeux à la hauteur des miens. — Sois honnête avec moi et j'abrège.

DEUX

ASHTON

Luca joue les connards et me jette hors de sa bagnole, juste devant la cabane qu'on est censés surveiller.

Mes doigts sont gelés. Ma veste est loin d'être assez chaude pour ce temps de merde.

Au final, il me sauve la peau en me foutant dehors.

Est-ce que je le remercie pour autant ?

Pas vraiment.

Je vais laisser ces enfoirés lui casser encore un peu la gueule ?

Oui, mais seulement parce que je n'ai pas de super plan pour les descendre tous.

J'ai un seul flingue, et eux sont bien plus

nombreux ; et même si je m'entraîne depuis des années, je n'ai aucune vraie expérience du combat.

Je sors mon téléphone de ma poche. Pas de réseau. Je m'enfonce plus loin dans les bois derrière la cabane en espérant capter.

Mon écran affiche une barre puis plus rien. Je continue d'errer, mes pas s'impriment dans la neige gadoueuse, et je rebrousse chemin par le même sentier vers la cabane.

J'envoie un bref texto à Dante.

Luca capturé à la cabane. Envoie du renfort.

Si ces types ne me trouvent pas pour me buter, Dante le fera quand il découvrira qu'ils ont touché à son fils.

Ce n'est pas un homme qui pardonne.

Aucune réponse immédiate. Le message tente de partir, puis échoue.

Putain de merde.

Je n'ai qu'une arme, un pistolet que Moreno m'a refilé quand Luca n'était pas là. Je peux peut-être en descendre un ou deux, mais j'en ai compté au moins quatre... ou cinq ? Et je ne peux pas garantir qu'il n'y en a pas d'autres à l'intérieur non plus.

Je me rapproche à pas de loup de la cabane, et mon téléphone vibre.

Je baisse les yeux sur l'écran qui s'allume.

Nova m'appelle.

Je décroche à voix basse. — Je ne peux pas parler. J'ai besoin que tu appelles Dante. On est dans une grosse merde. Il doit envoyer du renfort. Luca est en danger.

Nova est à peine audible, sa voix hachée par le réseau. — Qu... Je... t'en... tends... ?

Ce qui veut dire qu'elle ne capte probablement pas ce que je raconte.

L'appel coupe faute de réseau. Je bascule mon téléphone en mode silencieux. Je ne veux même pas d'une vibration qui pourrait alerter ces salauds que j'entre.

Dernier coup d'œil à mes messages, et celui pour Dante finit par partir.

Au moins, il y a de l'espoir.

Je ne peux pas attendre ses hommes. Luca risque d'être mort d'ici là.

J'enlève la sûreté de mon arme et je me faufile par la porte principale de la cabane, en prenant garde à ne pas la faire grincer en me glissant dans l'entrée plongée dans le noir.

La cabane tombe en ruine par toutes ses fissures, et il n'y a aucune trace de Luca ni des hommes qui l'ont embarqué au rez-de-chaussée. La pièce ne forme qu'un seul grand espace, et une porte, laissée ouverte, laisse filtrer une lueur faible le long de l'escalier.

La lumière me permet de voir les lames du plancher, pourries et éventrées, et j'essaie de me hâter en silence vers les marches.

Les murs le long de l'escalier s'effritent, les marches elles-mêmes sont en mauvais état, et elles gémissent sous mon poids.

Je grimace et je m'immobilise, en priant pour que personne ne m'entende.

Une voix rauque résonne d'en bas. — Tu te crois dur parce que ton père, c'est Dante Ricci.

Luca tousse. Pas de doute, c'est lui, et je souffle, soulagé qu'il soit vivant, pour l'instant. — Il te tuera, putain, quand il me retrouvera là-dessous.

Je lui reconnais ça : il ne se couche pas et ne mendie pas la pitié.

Un rire sombre et mauvais résonne, et je descends en silence les dernières marches, me plaquant contre le mur pour tenter de prendre l'avantage.

Dès que j'en descends un, les autres se jetteront sur Luca en une seconde.

Deux types ont des armes en main, le métal luit sous l'éclairage cru. Le troisième, je ne le vois pas bien, mais je l'entends qui passe Luca à tabac.

Putain.

— C'est tout ce que t'as ? Luca ricane. Avec leur attention sur lui, je me faufile dans le sous-sol et je me mets à couvert derrière une pile de cartons.

Je dois m'accroupir pour ne pas me faire repérer et je longe le mur en crabe entre les cartons et le passage étroit, cherchant un meilleur angle sur Luca sans que les hommes ne me voient.

Il est voûté, mais son visage ne trahit rien.

Luca sait parfaitement dissimuler la douleur. Mais je le connais, et j'ai vu la même expression sur la glace quand il fait semblant de ne pas souffrir.

L'homme en costard tape-à-l'œil, debout à quelques pas, semble diriger l'opération. Il consulte son téléphone — un réseau par satellite, sans doute — et sourit. — Luca Ricci. — Toutes mes félicitations. Je vois que tu t'es récemment marié et que tu as un fils.

Mon ventre se noue à la simple mention de Harper et Zeke.

Luca inspire sèchement, et je risque un coup d'œil vers eux depuis l'angle des cartons. Il faut que Luca comprenne que je suis là, s'il doit m'aider à les repousser.

— Si tu touches ne serait-ce qu'à un cheveu de

leur tête..., grogne Luca en commençant à se lever de la chaise.

Il n'est pas attaché, du moins pas physiquement.

L'homme qui tabassait Luca ramène son poing en arrière. Il luit sous la lumière : un poing américain.

Je lève mon arme et j'aligne ma cible ; je tire sur le type à la droite de Luca, l'un des deux armés. L'autre me met aussitôt en joue et, même si j'ai l'avantage un instant, ils réagissent tout aussi vite : deux, non, trois balles fusent vers moi.

Luca riposte, comprenant que c'est sa chance de s'échapper. Il lutte avec l'homme au poing américain, lui assène un coup de tête et le déséquilibre un instant.

Une autre balle me siffle à l'oreille ; je me baisse et je n'ai pas le choix : je contourne, sous le feu d'un des types.

— Ça suffit ! Le chef lève la main pour mettre fin au carnage, mais l'autre ne baisse pas son arme. — Sors. On ne te tuera pas.

J'en doute.

— Je ne prends pas d'ordres de toi. Je garde mon arme braquée et je relève juste assez la tête pour tirer, en plein torse.

Le type armé arrose, mais ses balles ne m'approchent pas avant qu'il s'effondre sur le béton.

— Tu peux sortir de ta planque, fait l'homme. Je n'ai aucune raison de te tuer. Je suis désarmé.

Je ne le crois pas.

Je garde mon arme en joue et je me précipite vers Luca qui se redresse. L'homme au poing américain gît inconscient au sol.

Bien joué.

— Je te conseille de dégager, sinon la prochaine est pour toi, dis-je d'une voix dure.

Il sourit, les mains levées. — Dis à ton vieux que Don DeLuca lui passe le bonjour.

Le nom ne me dit rien. C'est censé me parler ? — Je doute que mon père en ait quoi que ce soit à foutre de toi.

— Pas ton père. Le sien. Il désigne Luca.

— DeLuca ? fait Luca d'une voix rauque, en s'éclaircissant la gorge. — Gino est mort. Depuis des décennies. Il se remet sur ses pieds, bien plus stable qu'avant.

— Pas Gino. Je ne suis pas si vieux, réplique-t-il avec un sourire sombre. Massimo.

— Connais aucun Massimo, répond Luca, mais le fait qu'il connaisse des DeLuca m'intrigue d'autant plus.

— Très bien pour les retrouvailles, mais nous, on s'en va. Tu ne nous arrêteras pas, à moins de vouloir une balle dans la tête. Je pousse Luca vers l'escalier tandis que Massimo recule vers les cartons.

Je ne peux pas m'empêcher de me demander s'il cache une arme, prêt à nous tirer dans le dos. Je laisse Luca ouvrir la voie pendant que je couvre nos arrières, face à Massimo, mon arme braquée sur lui, pendant qu'on gagne les marches.

Une poignée de cartons bascule, déversant au sol de la lingerie rouge et noire.

Le souffle de Luca se bloque. — Tu trafiques des femmes.

Don DeLuca affiche un sourire tandis que Luca s'arrête au bas de l'escalier.

— Avance, je marmonne entre mes dents. C'est pas le moment de jouer les héros.

— Des femmes. Des enfants. Don DeLuca penche la tête avec un sourire sinistre. — Et si je te faisais une offre ? L'épouse ou le fils. Lequel tu me donnes, et vous repartez libres tous les deux ?

Luca me frôle et fonce sur Massimo.

J'aurais dû lui coller une putain de balle quand j'en avais l'occasion. Il était désarmé. Je ne suis pas un meurtrier.

Mais maintenant, Luca le tient par le cou, me

bouchant la ligne de mire sur sa poitrine et rendant le tir létal délicat sans risquer de toucher Ricci.

Les yeux de Massimo s'écarquillent tandis qu'il tousse et s'étrangle, les mains de Luca se resserrant autour de sa gorge.

Don DeLuca assène un coup brutal dans la poitrine de Luca, là où ses côtes encaissent coup sur coup, et sa poigne se relâche aussitôt.

Luca se plie en deux, et je saisis l'ouverture, je fais feu à plusieurs reprises.

Luca halète, grimace, et je sais qu'il lui suffit d'une minute pour reprendre, mais on n'a pas le temps.

— Bouge ton cul ! Je le chope sous les aisselles et je le hisse sur ses jambes.

Il tressaille et gémit.

— À l'étage. Maintenant ! Je le pousse dans l'escalier branlant, puis je dépasse Luca, j'ouvre la porte, je vérifie qu'on ne va pas se faire encercler par d'autres hommes de DeLuca.

Au sous-sol, ça gémit. Des hommes s'agitent. Il y a au moins un type qui n'a pas été atteint, et même si j'ai tiré plusieurs fois sur Don DeLuca, je ne suis pas sûr de l'avoir tué. Ma visée n'est pas ce qu'elle devrait être.

L'adrénaline.

La colère.

Peut-être même qu'un peu d'inquiétude pour Luca prend le dessus. Je garde ça pour moi. Pas la peine de lui gonfler l'ego.

— À la voiture. J'escorte Luca dehors. Le vent me fouette le visage et me brûle les joues.

Luca grelotte, et je lui ouvre la porte, le fourre presque dans la voiture. Je m'inquiète qu'il parte en état de choc, ou peut-être qu'il y est déjà.

Des coups de feu claquent depuis la forêt derrière la cabane.

— Merde, je lâche en me tassant, en essayant d'éviter une balle tout en me précipitant côté conducteur. Il y a des éclats de verre sur le siège, mais j'ignore ça et je me jette dessus. Heureusement, les clés sont toujours sur le contact.

J'enclenche la marche avant et j'écrase l'accélérateur. Leur véhicule barre la route, mais je le pousse avec la voiture de Luca, je le heurte une fois, deux fois, puis je le laisse dévaler la montagne.

— Putain, ouais !

— Mon téléphone. La voix de Luca est râpeuse, éraillée.

Je me concentre sur la route, je dévale le chemin étroit et enneigé par lequel on est montés. — Je ne sais pas où est ton téléphone. On t'en prendra un autre.

C'est clairement pas la priorité. Je plonge la main dans ma veste et je fourre mon portable dans la main de Luca. — Appelle Dante. Il doit savoir ce qu'on a trouvé.

Luca grogne. — Toujours pas de réseau. Et mon téléphone est par terre, à tes pieds.

Je baisse les yeux sans essayer de l'attraper. — Oui, ça va attendre.

Je coupe déjà les virages trop près avec cette bouillie de neige sous les pneus. Le dernier truc dont j'ai envie, c'est de risquer qu'on glisse hors de la route parce que je fouille le plancher pour son téléphone.

— On devrait capter quand on atteindra la route principale en bas de la montagne.

Luca hoche la tête et siffle en respirant.

Je lui jette un bref regard. — Tu tiens le coup ?

— Ça va. Il grimace, et je connais ce regard. Il douille sévère mais il essaie de le cacher.

— Tu veux qu'on aille à l'hôpital ? Il ne se vide pas de son sang, mais je soupçonne plusieurs côtes cassées. J'espère juste qu'il n'y a rien d'autre à l'intérieur.

— N'y pense même pas. Ramène-moi chez Dante. J'ai deux mots à lui dire.

— Du genre : c'est qui, Don DeLuca ?

Il grogne et se tortille, mal à l'aise sur le siège avant. — Pour commencer, DeLuca, c'est le nom de jeune fille de ma mère. Mais personne n'a jamais mentionné de Massimo.

— Un oncle ? Un frère ? Un cousin ? Je balance des hypothèses au hasard.

— J'en sais foutrement rien, grogne Luca.

Je descends la montagne avec prudence, à l'affût de tout phare qui monterait la route.

Rien pour l'instant.

Je ne m'inquiète pas trop de ce qui arrive derrière. Ça, on s'en est occupés.

Il est plus de minuit. Je m'attendrais à voir plus de voitures près de la cabane, mais quand on s'est pointés, ils ont dû les rappeler. J'ai bien vu Don DeLuca au téléphone.

Luca fait défiler mon téléphone, le pavé numérique s'allume. — Et il a menacé ma famille.

J'inspire sèchement. Je n'ai pas manqué la menace contre Harper ou Zeke. Il compte appeler Harper à cette heure ? Il ne ferait que l'inquiéter.

— Eh bien, je lui ai tiré dessus. Il est mort.

— Ah oui ? Luca me lance un regard. — Tu ne lui as pas tiré dans la tête. Il respirait encore quand on l'a laissé.

J'écrase les freins, et la voiture dérape vers le bord de la route.

— Putain, Rinaldi. Tu veux que je conduise ?

— C'est bon, je gère. J'effleure l'accélérateur. On n'est qu'à mi-pente sur cette route raide. — On peut faire demi-tour. Je peux m'assurer qu'il n'est plus en vie.

— On ne fait pas demi-tour. Pas sur cette merde verglacée. Et puis, tu te souviens qu'on nous a tiré dessus en partant ?

— Ça, je n'oublie pas. J'essaie juste d'aider. S'il n'est pas mort, on s'en occupera un autre jour. Là, il faut se regrouper et retrouver Dante, lui dire ce qui vient de se passer.

— Il est peut-être déjà au courant. J'ai essayé de lui envoyer un message, et Nova a appelé.

— Nova ? La tête de Luca pivote, et je sens la chaleur de sa colère rayonner de lui. — Pourquoi ma sœur t'appelle pendant une opé ?

— Elle m'appelait sans doute pour me souhaiter bonne nuit. C'est notre petit rituel quand on n'est pas ensemble. Le sourire qu'elle me donne rien qu'en pensant à elle s'efface sous le regard de Luca. — J'ai essayé de lui dire qu'on avait besoin qu'elle appelle Dante, mais je ne sais pas si elle a entendu quoi que ce soit. J'entendais un mot sur cinq quand elle me parlait.

— C'est mignon. Son ton dégouline de sarcasme et de dégoût. — Toi, en pleine conversation romantique avec ma petite sœur pendant qu'on me démonte la gueule.

— Nova m'a appelé, je le répète. — De toute façon, c'est plus le sujet. Il faut qu'on joigne ton père, qu'on lui dise qu'on est tombés dans une embuscade, qu'on s'est fait attaquer, et que s'ils comptaient envoyer du renfort, qu'ils les rappellent.

— Je m'en occupe tout de suite, dès qu'on a du réseau. Luca ne cache pas son hostilité.

Je choisis de l'ignorer. C'est lui qu'on a tiré hors de la bagnole pour le passer à tabac. Il a le droit d'être de mauvaise humeur pour une nuit.

TROIS

NOVA

Qu'est-ce qui vient de se passer, bordel ?

J'essaie d'appeler Ashton. D'habitude, on fait un appel vidéo avant de dormir, surtout le vendredi soir quand il a fini de travailler avec Dante.

Il est presque minuit, et la vidéo ne se lance pas. Le son est haché. Je l'entends à peine, juste quelques mots par-ci par-là. Rien qui ait du sens.

J'essaie d'appeler Luca.

Il ne répond pas.

Je fais les cent pas dans le salon. Liam me fusille du regard.

— Il y a un problème. Je le sens, au plus profond de moi.

Harper est déjà au lit et, même si Luca m'inquiète aussi, je ne veux pas la réveiller. Elle a Zeke et elle se lève tôt avec lui le matin.

Ce qui ne me laisse qu'une seule option : dire à Liam tout ce que je sais.

Ce qui n'est pas grand-chose.

— Je suis sûr qu'Ashton va te rappeler.

— C'est ce que je pensais il y a vingt minutes. Je m'inquiète. Est-ce que j'appelle Papa ?

Liam hausse les épaules et éteint la télé. — Ça ne peut pas faire de mal.

Je soupire et je me masse les tempes. Il ne sait pas qu'Ashton et moi sortons ensemble. C'est la seule chose qui me retient de le contacter.

Mais quelles autres options s'offrent à moi ?

Je compose le numéro de Moreno, mon père, et il ne décroche pas tout de suite.

Quand ça bascule sur la messagerie, je réessaie.

— Je suis un peu occupé, là, répond enfin Papa, bourru et agacé.

— Luca va bien ? Il ne répond pas, et quand j'ai essayé Ashton, sa ligne a coupé.

Un silence s'étire bien trop longtemps. — Ils vont bien. Ne te fais pas de souci, Nova. Bonne nuit. Il raccroche sans un mot de plus.

— Il cache quelque chose ! Je lève les yeux vers Liam. — Tu me crois, hein ?

— Qu'est-ce que tu as entendu exactement de la part d'Ashton ?

— Je ne sais pas. Ses mots étaient embrouillés, hachés. C'était clairement une mauvaise connexion, mais je te jure que je l'ai entendu dire quelque chose à propos de Luca et d'ennuis.

— Enfin, je veux dire, Luca et Ashton ne s'entendent pas vraiment. Ce n'est pas nouveau, dit Liam.

Ses paroles ne me rassurent pas.

— D'accord, mais pourquoi il ne me rappelle pas ? Papa a clairement du réseau. Pourquoi pas Ashton ?

Liam éteint la télé et se lève. — Tu veux que je t'emmène là-bas pour te prouver que tout le monde va bien ?

— Tu ferais ça ? Mes yeux s'illuminent et je suis déjà à la porte, j'attrape mon manteau et j'enfile mes chaussures.

Il grommelle entre ses dents. — Tu me paies l'essence.

On prend sa caisse rouillée jusqu'à la maison de mes parents. C'est un miracle qu'elle tienne tout le trajet et ne nous lâche pas en route. Le moteur fait un boucan d'enfer, on dirait que tout le quartier nous entend à des kilomètres.

Dès qu'on arrive devant le portail, je donne le code à Liam et la grille en fer forgé s'ouvre. Il nous conduit jusqu'à l'entrée, et je bondis hors de la voiture, j'ouvre la porte avec ma clé et je file à l'intérieur.

J'enlève mes chaussures, mon manteau traîne déjà par terre. — Attends juste ici. Je jette un coup d'œil à Liam par-dessus mon épaule et je monte en vitesse jusqu'à la chambre d'Ashton.

— Ouais, je vais traîner ici et admirer les tableaux au mur, dit Liam en enlevant ses chaussures.

Aucune raison de m'annoncer si Ashton est dans sa chambre et que tout va bien.

Mais je crains que ce ne soit pas le cas.

À ma demande, Liam reste en arrière, et je file vers la chambre d'Ashton. Je ne prends même pas la peine de frapper. Je tire la porte d'un coup, mais la lumière est éteinte, le lit est fait, son sac est sur le lit.

Je vais ensuite vérifier la chambre de Luca. Peut-être qu'ils traînent ensemble, qu'ils essaient d'arranger les choses depuis que Luca sait qu'Ashton et moi sortons ensemble en secret.

J'ouvre la porte de Luca : aucune trace de lui non

plus. Lumière éteinte. Lit fait, et son sac est sur son lit aussi.

Je jure et je dévale l'escalier. — Papa ! Ashton ! Luca ! J'espère que l'un d'eux peut m'expliquer ce qui se passe, bon sang.

Dante sort de son bureau. Son regard se durcit et il tressaille en me voyant. — Nova, qu'est-ce que tu fais ici ? Il me dévisage puis regarde Liam, perplexe.

— Où est Ashton ? Il faut que je lui parle.

— Il n'est pas disponible pour le moment. Je suis sûr que vous pouvez comprendre, dit Dante en forçant un sourire.

— Et mon père ?

— Lui non plus n'est pas disponible, dit Dante.

J'avance vers Dante. Il a beau être un parrain de la mafia, il ne me fait pas peur. — Écoutez, est-ce qu'Ashton a des ennuis ? J'ai ce mauvais pressentiment que quelque chose de grave est en train d'arriver et je... j'ai besoin de lui parler.

Le regard de Dante vacille. — Pourquoi pensez-vous ça ?

Je viens de lui dire que c'est un sentiment. Dante ne doit probablement pas connaître ça. Je ne veux pas lui parler d'Ashton et moi, parce qu'il pourrait le dire à mon père. Mais il me fixe comme si je perdais la tête.

— Je l'ai appelé pour lui demander quelque chose à propos de notre devoir pour lundi, et la conversation était hachée. Je n'entendais que quelques mots, mais... ça sonnait vraiment mal.

Dante détaille Liam du regard puis fait signe à Halsey, qui descend l'escalier, d'approcher. — Emmène Liam au salon-bibliothèque. Donne-lui ce dont il a besoin pendant que j'échange quelques mots avec Nova, seule.

La mâchoire de Dante se crispe et il me mène dans son bureau, refermant la porte brusquement derrière moi. — J'ai besoin de savoir exactement ce qui s'est dit pendant cet appel.

— Pas grand-chose. Je te l'ai dit, l'appel était pourri. Comme si le réseau passait mal et que tout se coupait quand il me parlait.

Dante soupire et s'appuie contre son bureau, les bras croisés sur la poitrine. — Quels mots avez-vous entendus ?

— Je ne sais pas.

— Vous devez bien vous souvenir de quelque chose, sinon vous ne seriez pas là, inquiète. Dante me fixe et je frissonne.

— J'ai entendu deux mots clairement. « Luca » et « ennuis ».

Dante hoche la tête et s'éloigne de moi.

— Vous pouvez me dire ce qui se passe ? Est-ce que Luca et Ashton vont bien ?

— Asseyez-vous. Il désigne la chaise en face de son bureau.

Je n'ai pas vraiment envie de m'asseoir, mais j'obéis. Ma jambe, en revanche, s'agite toute seule, comme mue par sa propre volonté.

Dante contourne le bureau et prend sa propre chaise, les mains jointes qu'il pose sur le bureau.

— Je ne vais pas vous dire ce qui se passe, parce que ça ne vous regarde pas. Mais je peux vous dire que votre père et mes hommes gèrent la situation. Le mieux, c'est que vous rentriez chez vous ce soir.

— S'il vous plaît. Ma voix se brise dans ma gorge. — Vous savez quelque chose. Je... je m'inquiète pour Ashton et Luca.

Le regard de Dante se durcit. — Moi aussi. Et je n'ai pas besoin qu'une adolescente traîne ici et m'ajoute des problèmes.

Je ne précise pas que j'ai dix-huit ans. Oui, techniquement je suis encore une ado, mais je suis aussi une adulte. Ce n'est pas une bataille que je vais gagner avec Dante. — Monsieur, j'aimerais passer la nuit ici. Il est tard, et mon père n'apprécierait pas que Liam nous ramène à cette heure.

Dante se tait, il pèse ma demande.

— Par égard pour votre père, vous pouvez dormir à l'étage pour cette nuit. J'attends de vous que vous montriez une chambre d'amis à Liam, et il serait avisé de ne plus ressortir avant le matin.

— Bien sûr, monsieur. Je me lève et je me précipite vers la porte.

— Nova.

La main sur la poignée, je jette un regard par-dessus mon épaule à Dante. — Oui ?

— Si vous vous souvenez de quoi que ce soit d'autre, il serait dans votre intérêt de me le dire.

— Bien sûr. Il n'y a vraiment rien de plus. Je sors en vitesse du bureau du Don et je rejoins Liam dans le salon-bibliothèque, où il sirote une tasse de thé.

— On reste dormir ici cette nuit, dis-je.

Halsey n'a pas l'air ravi. — C'est à la demande de Dante, dis-je en forçant un sourire. — Il est tard et il ne veut pas qu'on rentre en voiture à cette heure.

— Je montrerai la chambre d'amis à Liam quand il aura fini son thé. Je lance un regard appuyé à Halsey, en espérant qu'il comprenne qu'il est relevé de sa garde.

Halsey hoche la tête et s'éloigne, ce qui me permet de pousser un soupir de soulagement.

— Qu'est-ce qui se passe ? Qu'est-ce que tu as appris ? Liam parle à voix basse. Il jette un coup d'œil derrière moi et je regarde par-dessus mon épaule tandis qu'un autre garde, Nico, traverse le couloir.

— Pas grand-chose. Dante voulait savoir ce que j'ai entendu quand Ashton a appelé. Il a l'air préoccupé, et le fait que mon père ne soit pas à la maison, pas plus que Luca et Ashton... Je me mords la lèvre inférieure jusqu'au sang.

Liam sourit, mais de force. — Avec un peu de chance, ce n'est rien. Juste un malentendu.

— Ils sont en mission, envoyés par Dante. Je me lève et j'attends qu'il termine les dernières gorgées de son thé avant de le conduire au deuxième étage, là où se trouvent les chambres d'amis et la mienne.

Je soupire en m'approchant de la chambre d'amis. — Ça te dérange de rester avec moi, au moins jusqu'à ce qu'Ashton rentre ?

— Bien sûr, dit Liam en hochant la tête. — C'est ta chambre ou la mienne ?

— La tienne, mais tu peux venir traîner dans la mienne si tu préfères. Je hausse les épaules.

— Ouais, montre-moi ta chambre. Liam grimace dès que les mots lui échappent. — Ashton va me tuer. À moins que... et si on traînait dans sa chambre à lui ? Tu sais où il dort ?

J'acquiesce, les yeux qui s'illuminent. — C'est une super idée. Comme ça, on saura qu'il est rentré. Je file à la chambre d'Ashton et je m'assois sur le lit.

Liam attrape le sac de week-end d'Ashton, le pose sur la commode et se fait de la place pour partager le lit avec moi.

Je m'adosse au mur.

Liam s'assoit en face de moi et s'étire, tandis que je replie les jambes contre ma poitrine.

On garde la porte fermée, mais la lumière reste allumée. Quiconque passe devant voit bien qu'on traîne dans la chambre d'Ashton.

Dante n'a pas dit qu'on ne pouvait pas ; il a juste dit de rester à l'étage, et ce qu'il voulait vraiment dire, c'est de le laisser tranquille.

Je respecte les règles, à peu près.

Liam bâille et se couvre la bouche. — Je suis pas fatigué. Je te jure.

Je ricane, tout en sachant qu'il ment. — C'est pas grave. Tu peux être fatigué. Juste... t'endors pas.

— Sympa, merci. Liam sourit en coin et fait craquer sa nuque. — Lance-moi un oreiller.

Je lui balance un des oreillers du lit d'Ashton, et

il se met sur le côté, cale l'oreiller sous sa tête et s'installe. — Là, c'est mieux.

— Ashton va te tuer quand il se rendra compte que les oreillers du lit sentent ton odeur.

— Oh, ça va. Il me verra ici, avec tous mes vêtements. Relax, c'est pas Luca. Liam ne bouge pas d'un iota. Il est bien, et je ne lui en veux pas de s'étaler.

Ça me tire un sourire. — Il n'est clairement pas Luca.

On échange un sourire, puis on éclate de rire.

— Tu sais qui me plaît. Parle-moi de la fille qui te plaît. J'essaie de tenir Liam éveillé, même s'il ne lutte pas vraiment contre le sommeil. Il a juste l'air super bien, tout allongé.

Moi ? Je suis une bombe à retardement. L'inquiétude m'envahit de partout. Parler me distrait au moins.

— Bristol Greyson, avoue Liam, et ses joues rougissent. — Je te jure, je la détestais jusqu'à ce baiser. T'as déjà embrassé quelqu'un et t'en vouloir encore ? Comme si un baiser ne suffisait pas et que t'en avais besoin d'autres pour survivre ?

Je pouffe. — T'as pas envie d'entendre parler de ma vie sexuelle avec Ashton. Mais je veux en savoir plus sur cette séductrice incendiaire qui embrasse comme une déesse.

— Ça la décrit tellement. Sauf que je crois que tu veux dire une succube.

Je me plie en deux de rire, les jambes qui glissent sur le côté sur le matelas. — Oh là là ! Elle peut pas être à ce point-là.

— Si. Elle m'a collé un pain au CP. Liam me fixe, sérieux.

— Je parie que tu l'avais mérité.

Il plisse les yeux et y réfléchit une seconde. — J'ai peut-être un peu flirté avec elle.

— Waouh. Donc tu craques sur elle depuis plus de dix ans.

Il me pousse du bout des pieds. — Te fais pas des idées. Je l'ai détestée tout ce temps. Je te jure, c'est seulement après ce baiser et quand elle m'a viré de sa chambre que j'ai commencé à avoir des sentiments.

— Qu'est-ce que tu faisais dans sa chambre de dortoir ? J'ai besoin de tous les détails croustillants. S'il la déteste autant, comment ils en viennent à s'embrasser ?

— Je cherchais Iris. Je me suis retrouvé au mauvais étage. Erreur débile.

— Et embrasser Bristol ? Je penche la tête, en

attendant de voir si Liam va aussi prétendre que c'était une erreur.

— C'est le meilleur moment de mon année jusqu'ici.

— On est seulement en mars. T'as essayé de la contacter ?

— Et pour dire quoi ? Liam fronce le nez, dégoûté. — On a un passif compliqué. Si ça lui avait plu de m'embrasser, elle m'aurait pas foutu dehors de sa chambre.

— Peut-être que le baiser l'a autant surprise que toi ? Je glisse un peu plus bas sur le lit mais je me cale avec les oreillers. J'avoue que j'adore écouter toutes les frasques de Liam, alors qu'en général il n'est pas du genre à raconter ses exploits.

Je raffole des potins.

— Peut-être. J'en sais rien.

De toute évidence, il doute, de lui ou de ce baiser.

— T'as son numéro ? Tu pourrais lui envoyer un message et proposer un café. C'est un rencard assez tranquille.

— Je sors pas avec elle, Nova.

— Ben, pas encore, évidemment. En souriant, je tends la main. — Donne-moi ton téléphone.

— Pourquoi ?

— T'as son numéro ou un moyen de la joindre ?

— Elle est sur mes réseaux sociaux.

Mes yeux s'illuminent. — Petit fouineur. Je plaisante avec Liam, mais il rougit encore. Donc oui, il passe bien beaucoup de temps à écumer son profil.

Il ouvre son profil et fait glisser son téléphone sur le lit. — Ne commente rien et ne mets de j'aime sur aucune de ses publications.

— Bien sûr. Faut surtout pas qu'elle sache qu'elle te plaît vraiment. Je secoue la tête et je fais défiler son mur. Il y a plein de photos d'elle avec ses amies. Il y en a aussi plusieurs aux matchs des Ice Dragons, avec leur maillot, à poser avec différents joueurs. Les photos s'étalent sur plusieurs années à mesure que je continue de faire défiler, encore plus quand elle est plus jeune. Cette fille a clairement ses entrées dans l'équipe. — Elle est mignonne.

— Je sais, dit Liam, le nez qui se plisse avec un sourire en coin.

— Et elle est célibataire, d'après son profil.

— Ouais, ben, je vais pas l'inviter. Liam m'arrache le téléphone des mains.

En faisant la moue, je lui fais signe de remettre le téléphone dans ma main. — Tu devrais lui envoyer un message, ou je peux le faire, à ta place.

— Tu ne la contactes pas ! Liam fronce les

sourcils puis jette un coup d'œil à son téléphone, fixé sur sa photo qui est toujours à l'écran. Son regard s'adoucit, tout comme ses traits.

Il est sous le charme.

— Et si je la contactais, moi, en mon nom ? dis-je.

— En quoi ça va aider ? T'es une inconnue.

— Je pourrais lui dire que je suis une grande fan des Ice Dragons. Mon frère joue au hockey, et je pourrais demander si elle peut lui avoir un autographe pour son anniversaire ? Puisqu'à l'évidence, elle connaît certains joueurs de l'équipe. C'est la première idée qui me vient, et Liam éclate de rire.

— Putain, non. Fais pas ça, s'il te plaît. Tu nous foutras la honte à tous, y compris à Luca, et il sera encore en rogne contre toi.

— Quoi ? Pourquoi ? Je vois pas en quoi c'est si terrible.

— Kyler Greyson, c'est pas *n'importe quel* joueur de hockey.

— Attends. Ma mâchoire se décroche à l'évocation de Kyler Greyson. — Son père, c'est *le* Kyler Greyson ? MVP. Star des Ice Dragons. Et maintenant proprio de l'équipe ?

Liam hoche la tête en silence.

— Oh, merde. Ouais, t'es foutu.

— Je sais. Liam se retourne sur le dos et fixe le plafond. Il lève son téléphone au-dessus de lui et fait défiler encore son fil. — Foutu et en manque.

Je le pousse du pied. — Dégueu.

— Désolé, mais c'est vrai. Elle est canon. Tu l'as vue en bikini ? Liam fait défiler jusqu'à me montrer une de ses photos d'été, postée avec ses copines à la plage en Californie.

— Elle est mignonne. Je comprends.

— Elle est plus que mignonne, dit Liam, et j'entends dans sa voix ce ton rêveur qui le fait carrément craquer pour Bristol.

— Alors fais-toi pousser des couilles et appelle-la.

Je n'ai jamais connu Liam timide. Il est certes plus réservé qu'Ashton et Luca, mais timide, non.

— J'ai pas son numéro.

— C'est juste une excuse. Tu pourrais lui envoyer un message, lui demander.

— Toujours non. Liam balaie ma proposition.

— Te pointer à sa chambre de dortoir ? S'il en pince à ce point pour elle, peut-être qu'elle aussi a le béguin pour lui et ils pourraient juste baiser et s'en débarrasser ?

Il est de toute façon plus adepte des plans cul que des relations.

Liam se tait en réfléchissant à ma suggestion. — Il me faudra un prétexte. Une raison pour passer, sans avoir l'air obsédé par elle.

— Mais tu l'es... dans le bon sens. À ce que je peux dire, il n'a rien d'un harceleur, sauf peut-être cette manie de rester des heures à scruter son profil sur les réseaux.

— Tu m'aides pas, grommelle Liam. — Une raison pour débarquer à sa chambre. Et ça peut pas être parce que je me suis trompé de chambre encore une fois.

— Pourquoi pas ? Je hausse les épaules et je ris. — Coup de fil pour un plan cul. Ou apporte des pizzas, je suggère.

— Et si elle est pas là ? Ou si elle me claque la porte au nez ? Liam aligne déjà toutes les raisons pour lesquelles ça marchera pas.

— Deux possibilités tout à fait plausibles.

Il grogne et se remet sur le côté. — Tu m'aides pas.

— Ah, j'étais censée l'être ? Enfin, on peut te dégoter une fausse copine pour voir si elle devient jalouse, mais puisque tu dis que cette fille te déteste, je doute que ça marche.

Liam me grogne dessus. — Là, tu es juste méchante.

— Je le suis pas ! Je ris et je lui arrache son téléphone des mains.

— Nova ! Rends-moi ça. Il essaie de récupérer le téléphone, et je le tiens hors de portée.

Liam traverse le lit, se penche au-dessus de moi, ses doigts tentent d'arracher le téléphone que je serre à mort.

L'expression fatiguée et tirée d'Ashton vire au rouge. — Qu'est-ce qui se passe, bordel ?

— Tu es rentré ! Ma voix sort plus en couinement que je ne le voudrais. Je relâche le téléphone de Liam et je le pousse pour le dégager. — Je m'inquiétais pour toi.

Le regard d'Ashton se rétrécit. — On dirait que tu étais *vraiment* inquiète. Qu'est-ce que tu fous ici, Moretti ?

Liam s'éclaircit la gorge et se recule sur le lit, retombant sur le cul. — Je tenais compagnie à ta copine en attendant que tu rentres.

— Super. Je suis là. Maintenant, casse-toi de ma chambre, grommelle Ashton à Liam. J'esquisse un sourire d'excuse.

— Merci, je chuchote à Liam tandis qu'il frôle Ashton, qui bloque pratiquement la porte.

Dès que Liam sort de la chambre, il referme la porte sèchement derrière lui, et un courant d'air me fouette.

Je pousse un soupir de soulagement en détaillant Ashton. Aucun signe de bagarre. Il a l'air d'aller bien, juste crevé et vénère. — Hé. Je souris. — Tu vas bien.

— Je pète la forme, putain. Il traverse la pièce jusqu'à la commode et se met à se déshabiller.

J'inspire brusquement en le regardant s'effeuiller.

Chaque ligne de son corps est tendue. Ses muscles roulent tandis qu'il me tourne le dos. Mais je l'aperçois dans le miroir, et ses yeux se posent sur moi.

Il attrape un boxer et l'enfile d'un geste sec, se cachant à moi.

Ashton se retourne pour me faire face, les yeux sombres. Aucun sourire. Aucune lueur montrant que ma présence lui fait plaisir. — Si tu dors dans mon lit, t'as intérêt à te foutre à poil.

J'inspire vivement et je me déshabille en vitesse. Pas besoin de me le dire deux fois pour me mettre nue. Mes fringues volent de l'autre côté de la pièce, près de la porte fermée.

— C'est mieux ? je demande, le laissant me détailler.

Il appuie sur l'interrupteur du mur et plonge la pièce dans le noir en s'approchant du lit. Je me redresse, je le cherche, je trouve sa bouche, sa langue, ses lèvres.

Il m'ôte le souffle ; notre baiser est brûlant tandis qu'il me repousse sur le matelas, sur le dos.

Chaque souffle est lourd, chargé, nourri de besoin.

— Putain, râle Ashton. Il m'enfouit sous lui, ramène ma jambe autour de lui et se frotte contre moi.

On s'embrasse, on se bouffe presque la langue, et je sens sa queue me cogner à travers son boxer.

Mes doigts descendent le long de son torse, glissent sous l'élastique de son boxer, le touchent, le frôlent d'abord, et je sens son corps répondre.

— J'ai besoin de toi, Nova, murmure-t-il. Ses mots chuchotés sonnent comme une supplique, et j'acquiesce.

Sans savoir s'il me voit dans le noir, je l'embrasse et je pousse son boxer, l'aidant à se débarrasser du seul bout de tissu entre nous.

— Prends tout ce dont tu as besoin de moi, Ashton. Je suis à toi.

Il grogne, et ses doigts me pénètrent vite, me taquinent et enduisent mes lèvres. — Putain, t'es déjà mouillée pour moi. Il s'arrête, et le silence retombe sur la pièce. — Ou bien c'est...

Je le fais taire avant qu'il n'aille au bout de sa pensée.

Liam n'est rien de plus qu'un ami.

Ashton est tout pour moi.

— C'est toi qui me mets dans cet état — en manque, à vif, animale. Je fais glisser mes lèvres sur les siennes puis le long de son cou. — Baise-moi. Je suis à toi.

En quelques secondes, il attrape un préservatif, se réajuste, puis il est en moi, il m'écarte.

— Putain, je halète. Ma nuque retombe sur l'oreiller, mes yeux se ferment un instant.

La chaleur m'envahit jusqu'au moindre de mes sens.

— T'es si serrée et tu me fais un effet de dingue, chuchote-t-il à mon oreille. Puis il me mordille le cou.

Je couine, et il s'enfonce plus profondément, plus vite, plus fort. Il me plaque, ses mains m'écrasent contre le lit tandis que j'enroule mes jambes autour de lui, j'en veux plus.

Sa bouche trouve la mienne, me fait taire,

empêche quiconque d'entendre les sons qui m'échappent tandis que le lit grince et geint sous nous.

La porte de la chambre s'ouvre à la volée, et on aperçoit tous les deux Luca, qui n'a même pas la décence de frapper.

— Nova ? Les sourcils froncés, Luca se passe une main dans les cheveux.

— Tu pensais que je baisais qui, au juste ?, crache Ashton à son meilleur ami.

Luca secoue la tête et recule, puis claque la porte.

— Merde, grommelle Ashton. Il se dégage et se laisse tomber à côté de moi.

J'inspire vivement et je me tourne sur le côté, en passant ma jambe par-dessus la sienne. — Tu dois aller voir si ça va ?

— C'est lui qui a décidé d'entrer sans frapper ! Ashton halète, il essaie de reprendre son souffle.

La sueur perle à mon front. — On peut juste l'ignorer ? Ce n'est pas comme si on n'avait jamais été interrompus, ce n'est rien de nouveau. Par contre, fermer la porte de la chambre à clé devrait être automatique, maintenant.

Ashton me lance un regard et secoue la tête. — Je peux pas. Ce soir, c'était... Les mots restent en suspens.

— Tu veux en parler ? je propose, prête à l'écouter.

— Tu sais que je peux pas. Le regard d'Ashton se crispe, comme s'il repassait les événements de la nuit.

Je fais courir mes doigts sur son torse pour essayer de l'apaiser. — Tu sais que Liam et moi, il n'y a rien—

— Je sais, fait Ashton en soupirant. Il m'a juste fait voir rouge quand je suis rentré, en espérant me reposer, et je te trouve sur mon lit avec *lui*.

— C'est Liam, je réponds en souriant. — Allez.

— Ouais, ben, *nous* aussi, on n'était que des amis, à une époque.

Je le pince au bras pour cette remarque.

— Aïe. Il grimace, et je lève les yeux au ciel.

Je ne lui fais pas mal, à part peut-être à son orgueil. — Toi et moi, on est plus que des amis. Je me hisse sur lui, je m'installe à califourchon sur ses hanches, je le fixe. Mes cheveux tombent en rideau autour de nous, le monde s'efface. — N'insinue même pas que je ferais encore quoi que ce soit avec Liam.

— D'accord, fait Ashton en soupirant. Ses mains trouvent mes hanches, ses doigts dansent sur ma peau. — Qu'est-ce que tu fais ici ce soir ? Qu'est-ce que vous faites ici, tous les deux ?

— J'étais inquiète quand t'as appelé et que j'ai pas bien compris ton message. J'ai essayé d'appeler Papa, mais il m'a quasiment raccroché au nez. Alors j'ai convaincu Liam de nous conduire jusqu'ici pour m'assurer que tu étais en sécurité.

— Nous ? Harper et Zeke sont ici aussi ?

Je secoue la tête et je dépose un baiser sur ses lèvres. Il ne me le rend pas. Son corps est tendu.

— Non, elle est encore à la maison, elle dort. Pourquoi t'as cette tête ?

QUATRE

LUCA

Je n'arrive pas à dormir. Entre avoir surpris mon meilleur ami et ma petite sœur en train de forniquer comme des bêtes sauvages et la douleur qui pulse dans ma poitrine comme jamais, je n'ai même pas sommeil.

L'agression me laisse des bleus tout frais, la peau marquée par ces foutus poings américains, et quand je prends une grande inspiration, ça me poignarde férocement à l'intérieur. Sur la glace, on me démonte assez souvent pour me laisser des zébrures, mais rien à voir avec ce que je ressens maintenant.

Mais quand je joue au hockey, je porte toujours des protections.

Ce soir, je ne peux pas dire que j'aie eu la chance d'enfiler l'équipement avant de me faire démonter.

Je grommelle en me hissant hors du lit, exercice pénible qui m'arrache à ma chambre.

La maison est plongée dans le noir, mais il y a toujours quelqu'un d'éveillé qui veille sur le domaine.

En rentrant, je lui adresse à peine deux mots. Je lui balance un doigt d'honneur et je file dans ma chambre.

C'est comme revivre mon enfance ou, plutôt, mon adolescence, encore une fois.

Je descends l'escalier. Si Harper était ici, je me glisserais dans son lit. Sa chaleur m'apporterait au moins un peu de réconfort pour atténuer les pulsations dans ma poitrine.

À la place, je me retrouve seul.

C'est mieux ainsi ; elle et Zeke sous le toit de mon père, ce n'est vraiment pas une bonne idée.

Et pourtant, les mots de Massimo résonnent dans ma tête.

Il a menacé ma famille.

Je passe devant le bureau de Dante et je m'arrête.

Soit il a laissé la lumière allumée, soit il est encore réveillé à cette heure de merde.

Je ne me donne pas la peine de frapper. Si un de

ses hommes squatte son bureau, je verrai bien quelles conneries ils préparent.

J'entre en trombe, et Dante lève vers moi un regard lourd au-dessus de son ordinateur portable.

Ses yeux se plissent, et il me désigne le fauteuil en face de son bureau. — Tu es réveillé, a-t-il dit.

Je referme la porte derrière moi et je me laisse tomber dans le fauteuil en cuir. Il est frais contre ma peau. Je me sens un peu trop débraillé. Mon père, toujours en costume. Moi, en caleçon et en T-shirt. Le T-shirt, surtout pour ne pas avoir à fixer les vilains bleus qui fleurissent sur ma poitrine quand je croise mon reflet. Ce n'est peut-être pas souvent, mais assez.

— Qui est Massimo DeLuca ?

Dante pousse un long soupir, repousse sa chaise et se lève. Il va vers son plateau à alcools contre le mur du fond. Il se verse un scotch, puis pêche quelques glaçons dans le seau posé à côté.

— Je suppose que le patronyme DeLuca te dit quelque chose, a-t-il dit.

Il fait tourner l'alcool et en hume les arômes avant d'en goûter une gorgée.

— C'est le nom de jeune fille de Maman.

Dante hoche la tête, la mine renfrognée, perdu

dans ses pensées un instant. — Ça fait très longtemps que je n'ai pas entendu ce prénom.

J'ouvre la bouche pour redemander qui est ce foutu Massimo quand Dante finit par répondre : — C'est ton oncle. Ta mère avait un frère aîné dont elle est brouillée.

Maman est brouillée avec toute sa famille, mais personne ne mentionne jamais qu'elle a un frère. — Elle ne parle jamais de lui.

— Il est aussi impitoyable et retors que Gino l'était, et je parie qu'il a repris les affaires familiales.

Je souffle, écœuré. Je me lève et je me sers dans le scotch de mon père.

Il arque un sourcil. — T'es pas un peu jeune pour boire ?, a-t-il demandé.

— Ça fait partie du prix à payer quand toi et moi on fait des affaires ensemble. D'autres secrets de famille ? Je me verse un verre et j'en hume l'odeur. Mes narines brûlent déjà, et je n'ai même pas encore goûté.

J'avale une gorgée et je grimace.

On dirait de la térébenthine.

— Le scotch, ça se sirote ; ça ne se balance pas comme un shot, a-t-il grogné.

— Autant pour moi. Je me resserre un verre,

parce que, merde, ce n'est pas Dante qui va m'apprendre à boire.

Il hausse un sourcil mais ne commente plus mon alcoolisation précoce. Tant mieux, parce qu'il n'a pas grand-chose à dire qui pourrait le sauver ce soir.

— Tu veux me raconter exactement ce qui s'est passé ce soir ?, a-t-il dit en faisant tourner l'ambre et en me jetant un regard chargé de quelque chose que je ne reconnais pas tout à fait.

De l'inquiétude.

— On m'a tiré hors de ma bagnole, on m'a traîné dedans, tabassé, et j'ai découvert que j'ai un oncle. Ça te résume la soirée ? Mon ton est dur et amer, et j'avale une autre gorgée de ce scotch ridiculement cher. Connaissant mon père, il a dû claquer un bon cinq chiffres dans la bouteille.

Dante hoche lentement la tête. — La seule chose que je ne comprends pas très bien, c'est comment Ashton n'a pas été embarqué alors que toi, si, a-t-il dit.

J'inspire brusquement et je fais une grimace.

Putain, ça fait mal.

Dante remarque ma grimace, se lève et vient me dominer de sa hauteur. — Est-ce que Massimo t'a fait du mal ?, a-t-il demandé.

Je m'éclaircis la gorge.

Je n'ai pas besoin de la pitié de Dante.

— Ça va. Mes côtes et ma poitrine hurlent le contraire et ça me file un léger mal de tête, mais au moins je sais que je n'ai pas de commotion, je ne me suis pas cogné la tête. Un point pour l'équipe Luca.

— Bien sûr, tu as l'air en pleine forme, a-t-il dit avec un rictus, pas convaincu pour un sou. — Je dois faire venir le médecin ?, a-t-il demandé.

— Ce n'est pas nécessaire. Je soutiens le regard du vieux. La seule façon d'échapper à *cette* série de questions, c'est de lui parler de la prise de bec qu'Ashton et moi avons eue, et ça ne va pas lui plaire.

— Bien. Je détesterais imaginer qu'un DeLuca ait posé les mains sur mon fils.

Je souffle entre mes dents et je grimace.

Putain de douleur.

La tête de Dante s'incline, convaincu que je cache quelque chose, et il attrape son téléphone sur le bureau.

— Ashton et moi, on se disputait en arrivant au chalet. Je me déteste de lui donner des détails qui ne le regardent pas, mais c'est la seule façon de le détourner.

Qu'il se mette en rogne contre moi ; au moins ça

me fera oublier la douleur qui rayonne dans ma poitrine.

— À propos de quoi ?

J'inspire fort par le nez. Je n'ai aucune envie de tout déballer à mon père, mais son regard menaçant m'arrache la suite.

— Ashton et Nova... couchent ensemble.

Dante croise les bras et s'adosse au bureau. Il me domine toujours. J'attends une étincelle de colère, de déception, et à la place, rien. Aucune émotion.

— Ce n'est pas exactement un scoop. Ils se voient en cachette depuis avant ton mariage.

— Tout le monde était au courant sauf moi ? Je n'arrive pas à croire que mon père soit au courant de Nova et Ashton avant moi.

Il ne répond pas à ma question. — Toi et Ashton, vous vous disputiez. Pourquoi ?, a-t-il demandé.

— Il m'a menti. Comment il ne voit pas le problème ? De tous, c'est un don. Il devrait savoir ce que valent la loyauté et l'honneur. — C'était une trahison ! J'ai prévenu toute l'équipe de rester loin de ma petite sœur.

Les yeux de Dante se plissent, et il esquisse presque un sourire. — Tu réalises que Nova et toi, vous n'êtes pas vraiment frère et sœur ?, a-t-il dit.

— On a grandi ensemble !

Dante hoche la tête. — Oui, et Moreno est ma cousine germaine. Ça en fait de la famille, mais ça n'a rien à voir, a-t-il dit.

— Moreno est ta cousine ? Autre bombe que je n'avais pas encore encaissée. Certes, ils portent le même nom que nous, mais ça ne veut rien dire. Ricci est un patronyme italien courant. Je n'ai jamais vu de photos de Moreno et Dante gamins ensemble.

De toute façon, je ne vois pas non plus de photos de Dante enfant. Je n'ai jamais cherché, et ce devoir d'arbre généalogique à l'école primaire, un cauchemar que je ne veux plus jamais évoquer.

Évidemment, en grandissant sous la coupe d'un don, où tout le monde se comporte en famille, on te fait croire qu'ils sont ta famille.

Dante hoche lentement la tête. — On ne te l'a jamais dit ?, a-t-il demandé.

— Vous aimez en laisser pas mal de côté. Je le fusille du regard et je reprends une gorgée de scotch. — Voilà un point de la soirée qu'il ne faut pas laisser de côté : Massimo a menacé ma femme et mon fils.

Dante inspire vivement et refait le tour du bureau pour aller reposer son cul dans son fauteuil en cuir.

— Ouais, ça résume à peu près ce que je ressens, je grommelle.

— Tu sais qu'ils sont de la famille. On protège les nôtres, a-t-il dit.

Ses paroles ne me rassurent pas. — Bien sûr, parce qu'elle peut être protégée à Evergreen University sans surveillance constante ni garde du corps.

Mon père arque un sourcil et je lève la main. — Je refuse de soumettre mon fils ou ma femme à ce genre d'intrusion. Je préfère qu'elle ne soit pas au courant des menaces. Pas la peine de l'inquiéter si Massimo est mort. Ashton lui a tiré dessus à plusieurs reprises.

— Je vais faire suivre ses mouvements par mes hommes et veiller à ce que, s'il est encore en vie, on sache à tout moment où il se trouve.

Il pense vraiment que ça suffit ?

— Si Massimo prévoit de s'en prendre à ma famille, il enverra ses sbires. Il n'est pas assez idiot pour faire le boulot lui-même.

— Tu as raison, fiston. Massimo a des années de saloperies derrière lui, bien pires que tout ce que j'ai envisagé de faire.

J'avale la dernière gorgée de scotch et je claque le verre sur son bureau. — C'est pour ça que tu as insisté pour envoyer Ashton et moi ce soir ?

Dante tressaille. — Je voulais que tu voies contre

quoi on se bat. Le genre de types qui sont vraiment le mal.

— Il trafique des femmes, des enfants aussi. Je fais les cent pas dans le petit espace de son bureau, incapable de m'asseoir, encore secoué par ce qui vient d'être interrompu ce soir. — Il comptait faire passer des filles par la cabane, non ? J'ai vu une porte au sous-sol. C'était un tunnel ?

Dante se frotte la mâchoire et soupire. — On le pense, mais personne n'est allé aussi près que toi, on dirait. Il trafique des filles, des enfants, si tu veux, et je me dis que, si tu le vois de tes propres yeux, tu admettras peut-être que toutes nos affaires ne sont pas mauvaises. On n'est pas les méchants de chaque histoire.

Je fusille mon père du regard. — Non, c'est bien toi le salaud dans l'histoire. Massimo en est un autre, pire peut-être. Ça ne me rassure pas, et ces filles dont tu parles... elles sont où ? Parce qu'elles ne se sont pas montrées hier soir.

— Il a sans doute annulé l'échange. Je suis sûr qu'il les planque ailleurs. Il a d'autres planques où il fait ses transactions, on ne les a tout simplement pas encore toutes débusquées.

— Un échange ? Contre quoi ? Je n'arrive pas à tout mettre bout à bout. On dirait qu'il me lâche des bribes alors qu'il connaît déjà toute la putain d'histoire.

— Des armes. De l'argent. Tout ce dont il a besoin. Les filles ne sont pour lui qu'une monnaie d'échange. C'est la même merde dans laquelle ton grand-père Gino trempait jusqu'à sa mort. Le trafic est passé sous les radars, s'est éloigné de notre secteur pendant un moment, mais on dirait qu'ils sont de retour et qu'ils refont les mêmes saloperies qu'ils ont toujours faites.

— Il faut les arrêter.

Dante réprime l'esquisse d'un sourire qui effleure ses lèvres. — Oui, c'est exactement ce que j'espérais t'entendre dire, fiston.

CINQ

HARPER

Luca s'allonge sur le canapé. Il me joue la comédie du grand malade depuis presque une semaine, depuis qu'il est rentré de chez ses parents.

Il met ça sur le compte de la météo, soi-disant un rhume.

Sauf qu'il n'a aucun symptôme, du moins rien de ce que j'ai jamais vu. À moins que la flemme soit un genre de maladie.

Sauf que Luca n'est jamais fainéant, surtout pas quand il s'agit de hockey.

Plus étrange encore : il a ramené une des voitures de Dante. Luca dit que sa voiture a des problèmes de boîte de vitesses et que Dante veut s'assurer qu'il ait un moyen de transport fiable.

Luca garde ses distances avec moi et, au début, je me dis que c'est peut-être parce qu'il est vraiment malade. Même si je n'entends ni reniflements ni éternuements, je me dis qu'il a peut-être une méchante angine, et je n'ai pas envie de l'attraper ni qu'il la refile à Zeke.

Du coup, je dors dans la chambre de Zeke, et ça relance toute la manie de revenir se glisser dans mon lit que j'essaie de lui faire passer.

— Qu'est-ce que tu veux dire, tu ne joues pas au hockey ce soir ? Liam jette un regard d'Ashton à Luca. — Tu ne peux pas rester à la maison ; on va perdre sans toi. Ce sont les NCAA Regionals. On a besoin de toi pour aller au Frozen Four.

— Il est malade. Il ne peut pas jouer, dit Ashton en prenant sa défense, ce qui me fait me demander ce qui s'est passé, parce que la semaine dernière, Luca et Ashton se prenaient la tête.

— Papa ! Zeke déboule, fonce vers Luca quand Ashton l'intercepte, le fait tournoyer puis le retourne tête en bas.

— Encore ! couine Zeke dans un accès de fou rire, et je ne peux pas m'empêcher de regarder depuis l'encadrement de la porte.

J'attrape Liam par le bras alors qu'il repart vers

sa chambre. — Tu sais ce qui se passe entre Luca et Ashton ?

Il ricane en secouant la tête. — Demande-lui toi-même.

— Je sais qu'il n'est pas malade. J'attends qu'il développe, parce que Luca est étrangement distant.

Comme Liam se contente de me fixer, je lève les bras au ciel et je fonce vers le canapé.

— Ça fait presque une semaine, Luca. Si tu te sens toujours patraque, il est peut-être temps qu'on t'emmène chez le médecin. Je le mets au pied du mur.

Ashton chatouille Zeke, qui me réclame de nouveau. Je le prends dans mes bras pendant qu'Ashton décide de jouer les gardes du corps de Luca. — Il a juste besoin de plus de repos et peut-être d'une soupe au poulet et aux nouilles maison.

Je fusille Ashton du regard et je baisse les yeux vers Luca.

— Ce serait bien.

— Je referai une marmite de soupe quand on rentrera de chez le médecin. Quoi que tu aies, c'est clairement un problème, et si tu ne prends pas de rendez-vous, les urgences pourront te voir aujourd'hui.

Liam traîne dans le couloir. — Harper a raison.

Si tu es malade à ce point, l'entraîneur va vouloir un mot pour expliquer pourquoi tu ne te pointes pas au match. Il demande déjà pourquoi tu n'es pas venu à l'entraînement de toute la semaine ni à la salle.

Luca grommelle entre ses dents et se redresse en grimaçant.

— C'est l'estomac ? Je viens m'asseoir à côté de lui avec Zeke.

— Tu ferais mieux de ne pas trop t'approcher, dit Ashton en surgissant pour me prendre Zeke des bras et l'emmener de l'autre côté de la pièce. — Faut pas que le petit chope cette saleté.

— On vit tous ensemble sous le même toit. S'il y avait un truc contagieux, Zeke serait le premier à l'attraper. Le fait que Zeke n'ait ni vomi ni eu de diarrhée me fait penser que ce n'est rien de contagieux.

— On n'est jamais trop prudent. Ashton défend un peu trop Luca.

Je plisse les yeux en passant d'Ashton à Luca. Je pose la main sur son front. — Je vais chercher le thermomètre ? Je crois qu'il y a un rectal quelque part que j'utilise pour Zeke.

Les yeux de Luca s'agrandissent. — Pas la peine, Harper. Je vais bien.

— Justement. Alors pourquoi tu ne joues pas au hockey ce soir ? L'équipe a besoin de toi.

— Je... je ne peux pas. Il grimace et se lève. Il file vers la chambre et referme la porte brusquement derrière lui.

— Laisse tomber, Harper, dit Ashton en faisant bondir Zeke puis en le retournant alors que Zeke essaie de faire un salto arrière depuis ses bras.

— Je peux pas. Je le suis dans la chambre, je referme la porte pour qu'on ait un peu d'intimité. C'est le premier moment qu'on a seuls depuis la semaine dernière.

— Tu ne devrais pas être là, dit Luca, et il se recouche en grimaçant.

— Tu as mal. Ça se voit sur ton visage. Qu'est-ce qui se passe, Luca ?

— Rien. Il attrape un livre sur la table de chevet et, encore, des grimaces. Il ne peut même pas les dissimuler, du moins pas devant moi.

Je m'avance jusqu'au lit et je replie les jambes pour m'asseoir à côté de lui.

— J'aimerais être seul. Sa voix est râpeuse, bourrue, mais je l'ignore.

— Tu es tout seul depuis une semaine. C'est ma chambre aussi.

— Très bien. Alors je dormirai dans la chambre

de Zeke. Il referme son livre d'un coup sec et se soulève du lit.

Je glisse du matelas sans peine. Je suis la plus proche de la porte et je me plante devant. Il peut me pousser s'il veut passer. — Qu'est-ce qu'il se passe ? C'est à cause de ce stupide secret que j'ai gardé ? Tu sembles t'en remettre très facilement avec Ashton. Je suis contente que vous vous entendiez, mais pourquoi tu me repousses ?

Il passe une main dans ses cheveux et renverse la tête en laissant échapper un long soupir las. — Je ne t'en veux pas. Ashton et moi, ça va. Nous, ça va. Je suis juste... malade.

— Malade comment ? Qu'est-ce qui ne va pas ? Laisse-moi t'aider. S'il ne se sent vraiment pas bien, je veux être là pour lui. — C'est de la déprime ? je demande, inquiète qu'il ait des pensées sombres et qu'il ait peur de me les confier.

— Non. Luca secoue la tête et me fixe. — Tu n'as pas à t'inquiéter pour moi, Harper. Je vais bien.

— Tu n'es plus intéressé par le hockey ? je demande. À ce que je vois, il va en cours une, peut-être deux fois cette semaine. La plupart ont une option en ligne qu'il choisit de suivre en étant « malade ».

Je n'ai pas envie de croire qu'il simule. Je ne

pense pas que Luca ferait ça ; il a toujours eu une vraie éthique quand il s'agit d'étudier et de bosser, et ça me met les nerfs en pelote.

— J'aime le hockey. Je suis déçu de ne pas pouvoir jouer ce soir, *mais je ne peux pas.* Dans sa voix, il y a du manque, une tristesse qui me dit que quelque chose cloche. Il refuse juste de dire quoi.

Je vais tirer ça au clair. Il le faut, parce que Luca compte énormément pour moi.

— Et ton entraîneur ne va pas exiger un certificat pour justifier que tu laisses tomber l'équipe ? Je ne veux pas que tu aies des ennuis parce que tu ne te pointes pas.

— Je ne laisse personne tomber. Je suis malade.

— Oui, tu l'as déjà dit, plusieurs fois. Ashton prétend que c'est l'estomac, d'où la soupe. Au début de la semaine, tu m'as dit que tu avais la gorge râpeuse et douloureuse. Je ne lui rappelle pas que je l'entends lâcher quelques toux quand je passe, ce qui le fait toujours paraître encore plus mal en point.

— Si c'est l'estomac, c'est peut-être un truc qui demande un traitement. Des antibiotiques, ou autre ? Ça fait une semaine que tu as la nausée.

— Il n'y a rien qu'un médecin puisse faire.

Je relève un coin des lèvres. — Tu es enceinte ? Je

plaisante, évidemment, mais Luca n'a pas l'air le moins du monde amusé par mon interrogatoire.

Il lève les yeux au ciel et m'écarte doucement pour sortir de la pièce d'un pas décidé, et Zeke arrive en courant droit sur lui, lui rentrant dans les genoux.

— Grimpe, Papa ! Zeke mâchonne ses mots mais il veut que Luca le soulève et le fasse tournoyer comme un petit singe, exactement comme Ashton le fait depuis une semaine.

— Papa ne se sent pas bien, je dis en décrochant Zeke des jambes de Luca et en couvrant ses joues et son visage de baisers avant qu'il ne couine et réclame qu'on le repose par terre.

J'appelle ça une victoire.

Je repose Zeke au sol, et il court vers Ashton, qui ouvre grand les bras, les yeux ronds et un énorme sourire, en jouant avec mon fils.

Liam est debout dans le couloir, le dos contre la porte de sa chambre, les bras croisés sur la poitrine. Il passe de moi à Ashton du regard. — Harper, je pense que tu devrais emmener Luca aux urgences.

— Ah oui ? Je hoche lentement la tête. — Je suis d'accord.

— Eh bien moi, je ne suis pas d'accord, et je n'y vais pas. Luca traverse le couloir en trombe, dépasse

Liam, entre dans la chambre de Zeke et claque la porte.

— Je ne savais pas qu'on avait deux tout-petits, lance Liam, et je ne peux pas m'empêcher de sourire.

Moi non plus.

Ashton me tend Zeke. — Désolé, j'adorerais garder, mais Liam et moi, on doit filer à la patinoire.

— Tiens-nous au courant pour Luca, dit Liam.

Je les regarde sortir et j'aimerais vraiment que Nova soit là pour m'aider. Peut-être que Luca écouterait sa sœur. Elle est à un groupe d'étude cet après-midi avant d'aller au match de hockey d'Ashton.

Zeke dans les bras, je frappe à la porte de la chambre de mon fils et je l'ouvre, découvrant Luca assis au bord du matelas, la tête penchée, les mains jointes.

— On n'est que tous les trois, je dis, en espérant que ça le soulagera et qu'il se mettra d'un coup à me parler. Pas qu'il ait choisi de le faire dans l'intimité de notre chambre.

Luca ne lève même pas les yeux vers moi.

— Liam est d'accord avec moi : il faut que tu te fasses examiner aux urgences.

— Eh bien, Liam n'est pas médecin, et il n'a pas son mot à dire sur ce que je fais ce soir.

— Dada ! Zeke s'agite pour s'échapper de mes bras, et je le pose par terre.

Il court vers Luca, grimpe sur le matelas en dandinant et se love dans ses bras.

— Luca. Je réduis la distance entre nous et je m'assois sur le matelas ; ma main se pose doucement dans son dos, avec l'envie de l'apaiser.

Au moment où mes doigts effleurent sa peau, il tressaille.

— Ça te fait mal ?

— Non. Mais ses yeux disent autre chose.

Mes doigts sont légers comme une plume quand je passe de son dos à son ventre, et il sursaute à chaque frôlement.

Il ne semble pas que ce soit seulement son ventre qui le fasse souffrir. Je soulève l'ourlet de son tee-shirt, sans trop savoir à quoi m'attendre, mais je ne m'attends certainement pas aux décolorations, aux marques, à l'empreinte de phalanges que je découvre en retirant ma main.

Bon, ce n'est assurément pas un accident de voiture.

— Qu'est-ce qui s'est passé ? je halète, craignant que mon toucher lui fasse mal.

— Tu ne vois pas ? Il rit sombrement et se crispe de douleur.

— C'est Ashton qui t'a fait ça ? Ma tête tourne, j'essaie de comprendre comment ils sont passés de meilleurs amis à ennemis puis de nouveau à amis.

Il y a une semaine, Luca détestait Ashton.

— Bien sûr que non. Il tape comme une fille.

Je lui donne une tape taquine sur la cuisse, en espérant qu'elle ne cache pas d'hématomes.

Il fronce le nez, sans même tressaillir. — Tu me donnes raison.

Je lève le bras, en grognant comme si j'allais lui frapper le torse, et il m'attrape le poignet, me fixe, me mettant au défi de le blesser.

— C'est tellement insultant de dire que quelqu'un tape comme une fille.

Luca se laisse retomber sur le lit, m'entraînant avec lui, mon poignet prisonnier de sa main. Il m'immobilise la main au-dessus de la tête.

— Essaie de me frapper maintenant, grogne-t-il à mon oreille. — Je te défie.

L'électricité me parcourt le ventre tandis que je lutte contre sa poigne. Ma main libre part en avant, et même si je n'ai pas l'intention de frapper son torse, je fais semblant ; il me saisit l'autre bras et nous fait rouler, me mettant entièrement à sa merci.

— Bien essayé. Il *tss* et un sourire malicieux éclaire son visage. Je n'ai pas vu cette lueur, cette chaleur, depuis des jours, et ça me chauffe les joues.
— Tu vois, toi et Ashton, vous tapez tous les deux comme des filles. Il me maintient plaquée contre le lit, son corps à quelques centimètres du mien, sa chaleur me gagne et se répand en moi, jusqu'au plus profond.

— Tu veux vraiment parler de ton meilleur ami pendant qu'on est en train de faire ça ? Je me penche, mes lèvres effleurent les siennes. Je brûle de son contact, de son souffle, de sa chaleur.

Sa bouche dévore la mienne, affamée, mais sa prise sur mes mains ne se relâche jamais.

Luca se hisse au-dessus de moi, enjambant mes hanches ; son poids est un péché qui me rend folle tandis qu'il se frotte contre moi.

— Putain, oui. Les mots m'échappent avant que je ne réalise mon erreur.

On n'est pas seuls.

— Dada, lance Zeke, et je sens son petit corps escalader le matelas, le lit s'affaisse sous ses mouvements vifs.

Zeke est prêt à se joindre à la petite fête, et il s'apprête à grimper sur Luca.

Luca réagit vite : il me lâche et roule sur le côté

tandis que j'attrape Zeke par la taille pour le tenir hors de portée.

Pour Zeke, ça ne fait qu'ajouter au jeu : il se tortille et rit. — Dada ! scande-t-il en agitant les bras, tout en essayant d'échapper à mon étreinte.

Voilà pourquoi Ashton se montre si empressé et si serviable avec Zeke.

Luca se redresse, s'assurant que Zeke ne peut pas lui sauter dessus pendant que je lutte avec mon petit monstre et que je pose bien ses pieds par terre.

Il ne va pas tarder à repartir à la poursuite de Luca, en quête de câlins et prêt à lui grimper dessus.

Je passe les doigts dans mes cheveux emmêlés, en réalisant que je suis la dernière au courant des blessures de Luca. — Ashton savait. Et Nova ? Liam aussi, il savait ? C'est pour ça qu'il a insisté pour qu'on t'emmène aux urgences ?

Luca grimace en se levant, et j'emmène Zeke avec moi, en espérant que, peut-être, mon mari a retrouvé la raison et qu'il m'écoutera pour aller voir un médecin.

Il va jusqu'au canapé et s'y laisse tomber, clairement en souffrance. — On ne peut rien faire pour des côtes fêlées.

Merde.

— On devrait peut-être te bander le torse, ça ne t'apporterait pas un peu de maintien ?

— Qu'est-ce que ça change ? dit Luca en forçant un sourire. — Je ne peux pas jouer au hockey. Pas ce soir. Pas pour le reste de la saison. C'est terminé pour moi.

— Mais ce n'est pas arrivé pendant un match. Je le détaille. — C'est arrivé quand tu travaillais pour Dante. C'est la seule chose qui a du sens, même si je ne comprends pas pourquoi Liam s'est montré aussi insistant à propos de ta santé, à moins qu'il ne sache ou ne soupçonne quelque chose.

Luca pince les lèvres. — Encore juste, chérie. Il allonge les jambes et pose les pieds sur la table basse. — Je vais guérir, mais plus de hockey cette saison.

— Je pensais que tu serais plus démoralisé. Je suis surprise qu'il prenne ça aussi bien, vu la situation.

Luca Ricci veut jouer au hockey en professionnel. Son rêve, c'est de devenir un nom connu, une star de la NHL et d'échapper à l'emprise de son père.

— Tu as vu un médecin chez ton père ? J'espère que c'est pour ça qu'il repousse l'idée des urgences, même si je vois bien qu'expliquer ses bleus pourrait être problématique.

— Je suis déçu de ne pas pouvoir jouer le reste de la saison, mais là, c'est un match. Une fois qu'ils auront perdu ce soir, ce sera terminé. Et ils vont perdre sans moi.

Voilà le Luca fanfaron que je connais et que j'aime vraiment, vraiment.

D'accord, peut-être même que je l'aime.

Mais on n'en est pas encore là.

Mariés.

Mais aucun de nous n'a prononcé *ce* mot. Ce n'est pas comme si on s'était mariés par amour.

Luca m'a épousée pour me protéger.

— Tu ne m'as toujours pas dit si tu as vu un médecin chez ton père.

Luca hausse un sourcil. — J'espérais que tu oublierais. Non, je n'ai laissé personne voir mes bleus. Ashton était là quand c'est arrivé. Liam ne sait rien, mais il a soupçonné quelque chose quand lui et Nova sont venus ce soir-là.

Ses mots me prennent de court. — Quoi ? Liam et Nova sont allés chez tes parents ? Quand ?

— Vendredi soir. J'imagine que tu étais au lit.

Je ne me souviens pas les avoir vus partir ; je me suis couchée tôt après que Zeke s'est endormi. Le lendemain matin, aucun d'eux n'était là, mais je n'y ai pas prêté attention.

Luca sourit et rit. — Au final, on a tous les deux vu quelque chose qu'on n'avait pas envie de voir.

Je fronce les sourcils et je fais glisser mes doigts le long de sa nuque, sachant qu'au moins là je peux le toucher sans lui faire mal.

D'accord, j'espère qu'il y en a deux ou trois sous ses vêtements.

Sa tête se tourne vers moi, un léger sourire paresseux aux lèvres ; il se détend sous ma caresse. — Je suis tombé sur Ashton et Nova complètement à poil.

Ses mots me coupent la respiration, je tousse. — Sérieux ? Elle n'avait pas peur que ses parents s'en rendent compte ?

Luca affiche ce sourire de gosse qui me fait papillonner le cœur. — Elle aurait dû. Je les entendais y aller. Je te jure, j'ai cru qu'Ashton la trompait, et j'ai déboulé dans la chambre : j'en ai vu bien plus sur eux deux que je n'aurais jamais voulu.

En ricanant, je souris tandis que Luca se tourne vers moi, la grimace chassée par un vrai sourire. — Nova a appelé Ashton pour lui souhaiter bonne nuit, et la réception était pourrie. Ils ont échangé quelques mots hachés, et elle a insisté pour que Liam la conduise chez mes parents.

— Pourquoi elle ne m'a pas réveillée ? Je voudrais tellement que Nova soit là pour le lui demander, parce que, même si je n'avais pas à être avec Zeke, je me sens un peu mise à l'écart, la dernière au courant.

Luca attrape ma main, la retient dans la sienne et porte ma paume à ses lèvres, y dépose un baiser chaste. Son souffle est chaud et des fourmillements me courent le long du bras. — Tu avais Zeke. Elle n'allait pas te déranger. Je vais bien, dit Luca.

— Vraiment ? Et la prochaine fois, quand ton père t'ordonnera de faire un truc dangereux, qu'est-ce qui se passera ?

Luca se tend un bref instant ; c'est furtif, mais je le vois. La tension gagne ses épaules, et je me penche, presse un baiser doux contre sa peau.

— Ne t'inquiète pas pour moi. Luca force un sourire, ses yeux brillent, mais quelque chose derrière ce sourire me noue l'estomac.

— Comment tu veux que je ne m'inquiète pas ? Tu es couvert de bleus, Luca. Je démêle nos mains et je frôle sa peau, mes doigts glissant le long de son bras, doux et légers comme une caresse de brise. Je ne veux ni lui faire mal ni le surprendre. Même si on s'est chauffés un peu plus tôt, mon intention n'est jamais de lui faire mal.

— Ce n'est rien. Luca baisse les yeux vers son torse encore habillé. — Tu aurais dû me voir quand je me suis réveillé samedi matin. Je pouvais à peine sortir du lit.

J'inspire brusquement, mes doigts parcourent sa jambe d'un geste apaisant avant de dériver vers l'intérieur de sa cuisse.

Luca penche la tête, ferme les yeux, ses lèvres s'entrouvrent et des souffles lourds s'échappent. — Si tu continues, on va devoir engager une nounou, parce que je ne veux pas que mon fils voie ce que j'ai l'intention de faire à ma femme, grogne-t-il.

Mon souffle se bloque dans ma gorge. Mes doigts s'immobilisent une fraction de seconde avant de reprendre leur course, j'ai envie de l'explorer.

Je veux le voir tout entier.

Marqué.

Balafré.

Meurtri.

On peut guérir ensemble. Je peux l'aider à guérir si besoin. Au minimum, je peux lui faire oublier la douleur quelques minutes et l'emmener ailleurs, dans sa tête.

Ses doigts montent à ma mâchoire, inclinent

mon menton pour atteindre mes lèvres, et il capture ma bouche dans un baiser qui me fait papillonner les entrailles. Il me serre contre lui, impérieux, brutal, exactement ce dont j'ai besoin.

La rudesse, c'est bon.

La rudesse, c'est grisant.

La rudesse te fait oublier toute la merde qui t'arrive dans la vie, et c'est exactement ce dont on a besoin tous les deux.

Mais je ne veux pas faire mal à Luca.

Je le laisse prendre les commandes, j'accepte qu'il ait le contrôle pendant que ses doigts glissent sous la ceinture de mon pantalon et font cette chose qui me fait crisper les orteils.

— Luca, dis-je d'une voix rauque. Mes yeux se ferment un instant, puis je pose une main sur son bras. — Zeke est là. On ne peut pas faire ça, même si j'en ai envie, même si je meurs d'envie d'être intime avec Luca.

La porte d'entrée s'ouvre et Nova déboule, un sourire aux lèvres, puis ses yeux s'arrondissent quand elle aperçoit la main de Luca entre mes cuisses, ses doigts dans mon pantalon.

— Tu peux emmener le petit dans la chambre ? Luca ne retire même pas sa main. Ses doigts écartent de nouveau mes lèvres, alors que Nova est dans la pièce.

Je donne une tape au bras de Luca, ma prise se resserre sur son biceps pendant qu'il me taquine de ses doigts le long de ma chatte.

— Oh, mon Dieu ! Nova couvre les yeux de Zeke et l'emmène avec elle dans le couloir. — Vous me devez un énorme service.

— Tout ce que tu veux. Donne ton prix. C'est à toi ! crie Luca tandis qu'elle ferme la porte de sa chambre. — Pile au bon moment. Ses yeux brillent et il capture mes lèvres des siennes.

Son souffle est chaud, ses doigts me taquinent, me touchent, me caressent, et je me rapproche. J'ai envie de m'asseoir sur ses genoux, mais j'ai peur de lui faire mal. Savoir que je dois faire attention et être vraiment prudente maintenant sont deux choses différentes. Mes sens sont en éveil, mais je ne suis pas exactement lucide.

— On continue ça dans la chambre ? je propose.

Le regard de Luca m'inonde de chaleur.

— Je préfère te baiser juste ici, sur le canapé. Il incline légèrement la tête, me détaille. — Putain, t'es tellement belle avec ce rouge sur les joues.

Mon visage est brûlant et s'embrase encore plus à son compliment. — Merci, je chuchote, et je ne peux pas m'empêcher d'être gênée. Je n'ai pas l'habitude des compliments.

Ses lèvres tracent un chemin le long de ma mâchoire, il mordille mon oreille avant de lécher mon cou. — On va devoir travailler là-dessus, chuchote-t-il.

— Hmm ? Je ne sais pas de quoi il bafouille. Je ne pense qu'à son corps, le toucher, le baiser, tout en faisant attention à ne pas lui faire mal.

Ça fait beaucoup à garder en tête quand tout ce que je veux, c'est le chevaucher.

— T'es absolument indécente... tes seins. Luca est sous mon haut, ses doigts effleurent un téton, et je me cambre contre lui en faisant attention à ne pas toucher les bleus.

Mes doigts me démangent de le griffer, mais à la place, je griffe les draps du matelas, je fais de mon mieux pour ne pas le faire hurler de douleur.

Il se débarrasse de son pantalon, sa queue tressaille, et il la caresse en me fixant.

Il est magnifique, et il est *à moi*.

Je tombe à genoux, mes lèvres effleurent le gland, sachant que je ne peux pas lui faire mal en lui suçant la queue, en le prenant au-delà de mes lèvres. Il n'y a pour lui aucune douleur, seulement du plaisir absolu.

Ses doigts s'emmêlent dans mes cheveux, longent ma nuque, et il me tient avec une force que je n'ai jamais sentie. — Tu es exquise à genoux.

Un sourire m'étire les lèvres, la chaleur me monte aux joues. Ma langue tourbillonne sur le gland, lèche le long de sa verge, mes doigts le caressent, je le sens s'animer sous ma main.

— Les yeux sur moi, bébé. Sa voix est rauque, et il perd la capacité d'aligner une phrase cohérente pendant que je promène ma langue sur sa verge.

Ses doigts courent partout sur moi, ses mains m'agrippent, me tirent plus près. Il dégage une urgence manifeste. — C'est ça, grogne-t-il, alors que mes lèvres et ma bouche taquinent le gland, lappant le liquide pré-séminal qui perle de lui.

— Putain. Sa tête bascule en arrière, et un long gémissement guttural est absolument pécheur. — Comme ça.

J'adore savoir que je peux réveiller la bête en lui. Chauffer son être tout entier, le faire trembler rien qu'avec ma langue.

Ses yeux luttent pour rester ouverts tandis que ma bouche le dévore. — Prends-le pour moi, je sais que tu peux. Ses mains sont dans mes cheveux, me tirent, enfoncent sa queue plus profondément dans ma bouche. Ma chatte palpite sous son contrôle et son pouvoir sur moi.

Ma bouche bouge, sa main guide ma tête, et avec ma bouche et ma langue je lui baise la queue. — Continue comme ça. Sa queue tressaille et je sais qu'il est proche. Je le sens, je le devine, je le vois lutter pour garder les yeux ouverts, rivés sur moi.

En gémissant quand il pousse sa queue au fond de ma gorge, il me renverse la tête en arrière, et je suis entièrement à sa merci.

— Harper, je vais…

Je ne dis rien, je ramène juste mes lèvres sur sa verge, je le prends, je le laisse me baiser la bouche comme si c'était ma chatte, je lui donne exactement ce dont il a besoin pour toucher l'extase.

Ses mains reviennent dans mes cheveux, l'une se sert de ma tête pour le baiser, l'autre frôle mon dos, glisse sous mon haut et file jusqu'à mon sein, pince mon téton, fait trembler mon propre corps pendant que je lui baise la queue de la bouche.

— Putain, souffle Luca. Un frisson me traverse le corps, et il sent l'onde ; sa queue pulse, il me serre plus fort, grogne et tremble.

Il lâche enfin prise, se déverse au-delà de mes lèvres et un peu dans ma gorge. J'essuie mon visage, et les quelques gouttes sur lui, je les lèche.

— Tu as été si bonne. La main de Luca trouve mon menton, relève ma tête, et il sourit en me regardant d'en haut. — Viens t'asseoir.

Il tapote la place libre sur le canapé où j'étais plus tôt, et je grimpe contre lui. — Bonne fille. Ses yeux brillent, et son souffle à mon oreille fait papillonner mon cœur.

Mes lèvres s'entrouvrent, un petit souffle m'échappe rien qu'à sa voix, à son ton, à la chaleur qui s'ouvre en moi et se déverse sur lui.

Luca sourit, parfaitement conscient de ce qu'il fait. — À qui tu appartiens ? La main de Luca est de nouveau dans ma culotte, ses doigts me taquinent avec dextérité, frôlent mes lèvres sans vraiment me toucher.

Je soulève les hanches, j'ai besoin de contact, j'en crève d'envie. — Putain, je grogne, mes mains griffent ses bras, sa main, je veux qu'il me satisfasse.

Le sourire frimeur sur le visage de Luca est presque insupportable. — Ce n'est pas mon nom, princesse.

Ça recommence, et je grogne, je me redresse, je mords sa lèvre inférieure. Je la tire, et j'entends son inspiration sifflante avant de relâcher sa lèvre. — Appelle-moi encore princesse, et tu vas le regretter.

Il ricane et pose un baiser sur mes lèvres. — Princesse, chuchote Luca en haussant un sourcil.

Il sait qu'il a l'avantage, parce que je ne peux pas toucher les zones couvertes d'ecchymoses, et je ne peux pas voir toutes les cicatrices, parce qu'il a encore trop de vêtements sur le dos, à part son pantalon qu'il n'a déjà plus.

Ça ne va pas le faire.

Pas pour moi.

Mes mains remontent son T-shirt plus haut, en prenant garde de ne pas le toucher. — Les mains en l'air, dis-je.

— Autoritaire. Un sourire en coin étire ses lèvres, et il lève les bras, me laissant le déshabiller.

J'essaie de ne pas fixer les bleus qui couvrent son torse. Le bleu ou le violet vire au vert et au jaune. Quelques-uns ont des bords brunis, tous grands, bien visibles sur sa poitrine, comme l'empreinte d'un poing sur sa cage thoracique.

— Ne me regarde pas comme ça, râle Luca d'une voix rauque. La douleur s'entend dans sa voix, dans son ton, dans la façon dont ses épaules s'affaissent.

— Tu es magnifique, et même marqué de cicatrices, tu es à moi. Je me redresse à genoux, j'embrasse ses lèvres, ses épaules, et Luca écarte encore un peu mes jambes. — Je t'aime, Luca. Les mots viennent naturellement, et il se recule, me fixant intensément, comme s'il voyait à travers moi, comme s'il savait tout de moi.

Il n'y a aucune hésitation de sa part. Il ne bronche pas à ma confession. Un sourire de travers lui vient aux lèvres. — T'es une putain de bonne fille pour moi. Ses lèvres s'écrasent sur les miennes, ses doigts se glissent dans mes cheveux. Ce baiser pourrait durer éternellement ; je bascule dans un autre monde, une autre forme d'existence, tandis que je le dévore en même temps que l'instant. — Je crois que je tombe amoureux de toi, moi aussi.

Ses mots me font trembler des mains, et je le serre plus fort, en espérant qu'il ne voie pas l'effet qu'il a sur moi. C'est trop, trop d'émotion, trop brut pour le lui offrir.

Ses lèvres me dévorent tandis qu'il glisse un doigt en moi, dans ma chaleur, et je gémis dans sa bouche.

Je lutte pour garder les yeux ouverts, chaque souffle se fait plus lourd, et il me faut bien plus d'énergie tandis qu'il accroche son doigt en moi, ce geste qui fait déferler une chaleur jusque dans mon cœur.

— Luca, je râle son nom. Une joie pure m'envahit, et je suis loin de l'oubli tandis qu'il glisse un deuxième doigt, m'étire, s'assure que je suis prête pour lui.

L'intérieur de moi est chaud, brûlant, mais je suis loin d'être rassasiée.

Il n'y a que Luca pour me mettre à genoux et me faire en redemander.

Il retire ses doigts, et je couine de protestation. Pourquoi s'arrête-t-il ?

Ce sourire, si entièrement Luca, toujours là, rayonne sur moi comme des rayons de soleil tièdes par un jour froid et neigeux.

Ses doigts dansent sur mes hanches. — Enlève ton pantalon. Je veux voir ta jolie petite chatte.

Il m'aide avec mon pantalon, mais je me penche et je le fais glisser moi-même, pour ne pas lui faire risquer de se faire mal en me déshabillant. En quelques secondes, je suis nue et le sourire de Luca s'élargit.

— Putain, tu devrais toujours être à poil. Le haut aussi. Une déesse ne cache pas sa beauté.

J'arque un sourcil mais je ne discute pas. Je préfère qu'on m'appelle déesse plutôt que princesse. Je souris en coin et j'ôte mon T-shirt, le laissant tomber au sol.

— Heureusement pour toi, tu es marié à cette

déesse. Je l'embrasse, avide de son goût, de son contact, de lui.

Ses doigts caressent mon sein comme un baiser léger, et il taquine mon téton, ce qui me fait cambrer le dos contre lui. Je me recule, juste assez pour ne pas lui faire mal, mais c'est difficile d'être si près sans toucher son torse.

Luca rit et sourit. — Je suis l'homme le plus chanceux. Il ne discute pas et ne me taquine pas. Sa main glisse à ma mâchoire, son pouce guide ma bouche vers le haut, comme il l'aime, pendant qu'il me dévore.

Une décharge électrique file dans mes veines quand on s'embrasse. La chaleur monte, flamboyante, incontrôlable, tandis que mes mains parcourent ses bras, et je m'arrête avant de toucher son dos.

— Tu seras encore plus chanceux quand ces bleus guériront.

— Je me sens déjà bien chanceux aujourd'hui, princesse. Il me fait un clin d'œil, et j'attrape ses bras pour le plaquer contre le canapé, en souriant d'un air narquois.

Je n'ai pas forcément un plan, mais j'aime l'avoir pris au dépourvu.

Luca affiche un grand sourire. — À toi de jouer, princesse.

Je hausse un sourcil, un sourire aux lèvres. — Tu es sûr de vouloir continuer à m'appeler comme ça ? Je descends du canapé, et Luca gémit.

— Où tu vas ? Reviens ici. Je balance les hanches comme si je dansais, je me faufile entre ses cuisses puis par-dessus une jambe.

Ses mains retombent sur mes hanches.

— On ne touche pas, je préviens, et je remue du cul pour lui comme une strip-teaseuse au club. Je me penche loin de lui, mon cul bien offert à son regard, tandis que je lui fais une danse privée.

— Mais toucher, c'est le meilleur. Luca fait la moue puis fait glisser un doigt le long de mes fesses.

— Assieds-toi sur tes mains.

— Qu'est-ce que tu es autoritaire, aujourd'hui. Il soulève les hanches, s'assied sur ses mains et m'obéit avec un sourire. — Contente ?

— On y vient. Je lui fais un clin d'œil et je me retourne, lui offrant une vue plongeante sur mes seins pendant que ma chatte frotte contre sa cuisse.

— Putain, t'es trempée. Luca renverse la tête et ferme les yeux. — Tu vas me refaire bander.

Je ricane. — Et c'est un problème, pourquoi, princesse ? je réplique.

Il me lance un regard noir et grogne en se penchant. Il me mordille l'épaule, y laisse une marque, et je frotte ma chatte plus fort contre sa cuisse, en me servant de lui comme appui pour basculer le bassin contre lui.

Son souffle est brûlant sur ma joue. — Tu me baises la jambe ? Ses mots sortent dans un grondement, et la part la plus animale en moi n'a qu'une envie : le ravager.

Mais je dois empêcher mes mains de griffer son torse et son dos. Je jette un coup d'œil à Luca pardessus mon épaule et je lui adresse un large sourire. — Putain, oui. Ça te pose un problème, princesse ?

Il grogne et me soulève de ses hanches.

J'étouffe le gémissement qui me monte à la gorge et je laisse mes doigts vagabonder, je taquine ma chatte, j'écarte mes lèvres pour qu'il voie ce que je me fais.

Luca râle, sa langue vient lécher le coin de sa lèvre. Il lutte pour garder le contrôle.

Sa bite tressaille, et il arrache ma main à ma chatte pour guider mes doigts entre ses lèvres, sans me quitter des yeux tandis qu'il lèche et suce mes jus. — Tu as un putain de bon goût.

Mon ventre se contracte à ses mots et à la lueur de feu dans son regard.

Avec aisance, il me hisse sur son épaule. — Pose-moi !

Bien sûr, il n'écoute pas. Il doit avoir mal.

Grimace aux lèvres, il me porte jusqu'à la chambre et me dépose sur le matelas, sur le dos.

— Tu n'écoutes jamais.

Il ricane. — Je pourrais en dire autant de toi.

Ses mains guident mes jambes pour les écarter. — Écarte les jambes pour moi. Il donne un ordre et j'obéis.

Mon souffle se coince dans ma gorge pendant qu'il regarde ma chatte, qu'il se repaît de la vue. — Tu es putain de parfaite pour moi.

Il lèche encore ses doigts avant de glisser ces mêmes doigts dans ma chatte, me regardant me tortiller sur le matelas. — Montre-moi à quel point tu aimes quand je te baise avec mes doigts.

Je laisse mon corps répondre, mes gémissements et mes halètements lourds emplissent la pièce. Mes mains montent à mes seins, et Luca voit ce que je fais et m'attrape le bras, le repoussant contre le lit.

— Il n'y a que moi qui touche *ma femme*. Il y a quelque chose de possessif dans ses mots, et mon corps frissonne à la révélation que je suis à lui et qu'il est à moi.

Il appuie fermement sur mon bras, m'empêchant

de bouger, tandis que son autre main se pose tendrement sur ma hanche. Sa langue caresse ma chatte, et mes hanches se soulèvent du matelas au premier coup de langue.

— Luca, je râle, tandis que le monde disparaît autour de moi et qu'il est tout ce qu'il en reste.

Sa langue me dévore, me taquine et me rapproche du bord. La chaleur inonde tous mes sens. Une tiédeur brûlante s'enroule en moi tandis que je lutte contre sa main, celle qui me maintient plaquée.

Je laisse mon autre main se perdre dans ses cheveux, et il retire aussitôt sa main de ma hanche pour plaquer fermement mon poignet dans le lit. Il ne s'arrête pas avec sa bouche, sa langue continue la même cadence, sachant exactement ce dont j'ai besoin.

Chaque gémissement haletant m'attire un peu plus. Je ferme les yeux, mes sens sont entièrement submergés par l'homme qui me fait des choses si charnelles qu'elles me rendent folle. Il ne s'arrête pas, pas avant de me laisser tremblante, secouée de frissons.

Les parois de ma chatte pulsent et palpitent. J'ai l'impression que mes terminaisons nerveuses s'embrasent, et mon corps tremble. Quand il me soulève les hanches du matelas, il desserre sa prise sur mes poignets et me cale, tout en continuant d'utiliser sa langue de cette manière magique qui me fait chavirer.

Je plane bien au-dessus des nuages. La chaleur me lèche la peau comme une flamme, je suis couverte de sueur, à haleter, les orteils qui se recroquevillent tandis que mes entrailles se contractent et que je me laisse porter par la vague jusqu'au rivage.

Il me faut plusieurs secondes pour reprendre mon souffle, avec la sensation de me noyer, un sourire accroché à ses lèvres tandis que mes paupières s'ouvrent lentement.

— Salut, ma belle. Luca remonte le long de mon corps puis vient s'allonger à côté de moi sur notre lit, la tête sur l'oreiller, les yeux qui glissent le long de chaque courbe de mon corps.

Je me penche, je l'embrasse, je goûte sur ma langue un mélange de lui et de moi tandis que je le guide sur le dos, en faisant attention à ne pas l'écraser.

Garder de la distance entre nous me fait mal, mais le blesser serait insupportable.

— Plus de secrets ? Je fais courir mes doigts sur ses épaules, en prenant garde de ne pas effleurer la zone bleutée qui marque sa peau.

— Plus de secrets.

SIX

BRISTOL

Des vagues de vertige me traversent tandis que je m'accroupis pour classer des dossiers pour mon stage. Je décroche un super plan grâce à ma mère, Emerson, qui travaille pour Eagle Tactical.

Elle convainc Jaxson de me prendre en stage.

Je devrais être reconnaissante. Ce n'est pas que je ne le sois pas, c'est surtout que je croule sous des années de papiers jamais classés ni rangés, et c'est moi qui m'y colle.

C'est chiant à mourir.

Au moins, la plupart du temps, j'ai le droit de mettre mes écouteurs et d'écouter de la musique sur mon téléphone. Je peux remercier Ariella, la femme qui bosse ici, d'avoir convaincu Jaxson de me laisser faire ça.

Je passe toute la matinée à trier des pages et des pages de liasses agrafées de données, à les classer par nom, par ordre alphabétique, bien sûr.

Un boulot barbant.

Mais il faut bien que quelqu'un s'en charge, et en tant que stagiaire, je me tape les corvées pourries.

Vous devriez voir leur salle d'archives — une honte absolue. Le pire, c'est qu'ils ont tellement d'armoires à dossiers qu'elles débordent de la salle jusque dans le couloir, là où je m'accroupis. Mes cuisses me brûlent, et mon estomac n'en finit pas de se tordre.

La sueur perle à mon front quand une nouvelle vague de nausée et de vertige m'oblige à me laisser tomber sur le cul.

Ariella bondit de sa chaise, ses talons claquent sur le sol. Je sais que c'est elle, parce qu'elle est la seule au bureau en ce moment.

Les gars qui bossent ici sont tous sortis sur une mission.

On ne me dit rien.

Apparemment, ça dépasse mon niveau d'habilitation, et je m'estime déjà chanceuse d'être payée au salaire minimum vu que j'obtiens aussi des crédits de fac.

— Ça va ? demande Ariella en surgissant du couloir, en me tendant la main.

Les piles de papiers que je tenais sur mon genou volent par terre.

— Ouais, j'ai juste eu un petit vertige.

— Tu es un peu rouge, dit Ariella en souriant en se penchant. — Tu devrais peut-être t'asseoir une minute.

— Ça va. Je balaye mon embarras et je me remets debout, ramassant toutes les pages éparpillées. Au moins, les dossiers sont encore agrafés, et je n'ai pas un bazar encore plus gros sur les bras. — Je gère. Merci, Ariella.

— Si tu as besoin de quoi que ce soit. Elle désigne son bureau pour me rappeler où elle se trouve.

— Je sais. J'apprécie. Merci.

Souriante, elle se redresse et regagne son bureau.

Je passe une main dans mes cheveux et j'essuie les perles de sueur sur mon front. Ce matin, en arrivant, il ne fait pas particulièrement chaud, mais plus je reste debout, plus j'ai chaud ces derniers temps.

Bizarre.

C'est peut-être quelque chose que j'ai mangé ?

J'ignore cette bizarrerie et je me remets aux dossiers. J'ouvre le tiroir, je parcours les noms de famille — Russell, Russe, Russo. Je suis censée classer un certain Johnathan Russell, un contrôle d'antécédents en dix pages. Je m'arrête sur le nom Russo, Ashleigh.

C'est le nom de ma mère biologique.

Emerson est ma mère, pour ainsi dire, mais je ne la rencontre même pas avant mes six ans. Elle m'a élevée. C'est « Maman ».

Mais Ashleigh, Papa n'en parle jamais.

Je jette un coup d'œil par-dessus mon épaule, je m'assure qu'Ariella n'est nulle part dans les parages, et j'attrape le dossier, que je glisse sous les pages qu'il me reste à classer.

Dès que j'ai un peu plus d'intimité dans la salle d'archives, qui a une porte fermée et où quasiment personne ne met les pieds, je me laisse tomber au sol, le dos contre une armoire, et je récupère le dossier concernant ma mère biologique.

J'en ouvre le contenu, je le parcours du regard, curieuse de savoir qui a demandé et lancé le rapport.

Demande effectuée par : Emerson Ryan

C'est ma mère qui travaille pour Eagle Tactical. Elle travaille pour eux depuis aussi loin que je me souvienne. Il y a quelques mois, elle a été mutée à Breckenridge pour travailler dans leur antenne de terrain au lieu de celle de New York. Emerson est plutôt une agente de terrain, qui mène des opérations de surveillance. Je l'ai aussi vue aux infos sur une mission de garde du corps pour un des clients de Papa à New York, la petite amie de l'un de ses joueurs de hockey. Ce n'est pas elle qu'on interviewe ni rien, on l'aperçoit juste brièvement dans le public, à côté d'une des copines de hockeyeurs dans les tribunes.

Personne d'autre ne l'aurait remarqué, mais j'ai un don pour surprendre les conversations de mes parents.

OK, j'aime écouter aux portes. Poursuivez-moi.

Je parcours le dossier. Il n'offre pas grand-chose qui m'intéresse. Ça liste tout : ses locations, où elle a vécu, les voitures qu'elle a possédées. Des pages de grand n'importe quoi pour moi.

Je continue à fouiller, en quête d'un truc croustillant.

Ce n'est pas comme si je mourais d'envie de rencontrer Ashleigh.

Le fait qu'elle n'ait pas voulu faire partie de ma vie, ça casse tout. Je ne suis pas adoptée. J'ai un père génial et une mère fantastique, Emerson.

Je… je ne sais pas pourquoi Ashleigh s'est barrée.

Papa n'a jamais expliqué.

En fait, une fois, il m'a dit qu'elle n'était rien de plus qu'une mère porteuse. Qu'il voulait un bébé à ce point qu'une femme lui a proposé de l'aider.

Mais le fait qu'il ait coupé les ponts avec elle et ne m'ait même pas donné une photo — c'est bizarre. Et la manière dont il change toujours de sujet quand je parle d'elle, c'est louche.

Il y a une photo d'Ashleigh à la page sept du rapport, et j'inspire vivement.

Elle a mes yeux bleus. Ses cheveux sont plus foncés que les miens, presque noirs, ce qui tranche magnifiquement avec ses yeux. Je croirais presque qu'elle porte des lentilles colorées si je n'avais pas la même couleur d'yeux.

On a la même ligne de mâchoire, son visage ressemble étrangement au mien, et j'expire lourdement.

Mes mains tremblent quand je tourne la page, en essayant de voir ce qu'il reste à apprendre.

Motif de la demande : antécédents familiaux, corrélation avec Antonio Moretti.

C'est quoi ce bordel ?

Antonio Moretti, comme dans *le fameux* Antonio Moretti qui est le père de Liam ?

Liam, le gars qui me rend complètement dingue et que j'ai embrassé il y a quelques semaines quand il s'est retrouvé par hasard devant ma chambre au dortoir.

Mon ventre se dérobe tandis que je claque le dossier fermé.

On a un lien de parenté ?

Je laisse tomber le dossier comme s'il était en feu et je baisse la tête, la nausée qui m'envahit.

— Non. Ça ne peut pas être en train d'arriver.

Je commence à avoir des sentiments pour Liam.

Je l'ai su dès le départ : ça sent les ennuis.

Ces foutues cartes de tarot m'ont avertie de me tenir loin de *lui*.

Ce n'est pas comme si j'avais son numéro ou son adresse. Même si je sais très bien qu'il est à Evergreen University et que moi je suis à Great Falls College.

Ce qui veut dire aucune chance de tomber sur lui par hasard sur le campus.

Sauf cette fois où il s'est pointé sans prévenir ni invitation devant ma chambre de dortoir après un de ses matchs de hockey.

Coïncidence ?

Peu probable.

Mais quelles étaient les chances qu'il sache que

c'était *ma* chambre ? Il a eu l'air aussi surpris que moi quand je l'ai tiré à l'intérieur.

Il a fait un boucan d'enfer, et je n'ai pas besoin que qui que ce soit propage des rumeurs. C'est déjà assez compliqué quand ton père est milliardaire et passe beaucoup trop souvent aux infos pour ses histoires de sport.

Papa a dû racheter l'équipe des Ice Dragons, parce que la retraite n'était pas une option pour lui.

Ça ne devrait pas me concerner.

Il a bien fait comprendre aux médias que j'étais hors limites.

J'ai toujours été hors limites pour eux, et ils m'ont en grande partie laissée hors des journaux. Il a fait du bon boulot pour me protéger des paparazzis.

Au final, personne n'en a vraiment rien à faire de la fille ado du célèbre joueur de hockey.

Contrairement aux stars de cinéma, je peux mener une vie tranquille.

La plupart du temps.

Jusqu'à ce que Liam Moretti débarque, et la minute d'après, je l'ai embrassé.

Heureusement, j'ai vite repris mes esprits et je l'ai foutu dehors, hors de ma chambre, et j'ai ignoré ses supplications pour me parler. Et puis, mettre la musique à fond m'a aidée à couvrir sa voix.

Ces derniers temps, j'ai désespérément essayé de ne pas penser à Liam, sans grand succès. À plusieurs reprises, j'ai ouvert un onglet sur l'ordi et j'ai envisagé de lancer une vérification d'antécédents sur lui, mais je pourrais me faire virer si quelqu'un voyait ça.

De toute façon, je n'ai pas vraiment les habilitations ici, et il faut un code d'accès pour entrer dans ce système.

Ce qui me ramène au dossier éparpillé sur le sol qui m'a pratiquement brûlée en le lisant.

Il y a un lien entre Ashleigh et Antonio ?

En tremblant, je tends la main vers le dossier.

Je dois savoir.

Parce que ça mettrait le dernier clou dans le cercueil avec Liam. Si on a un lien de parenté, il ne se passera absolument jamais rien.

J'ouvre le dossier, cette fois je survole les passages sur Ashleigh jusqu'à ce que je trouve des informations sur ses proches et les membres de sa famille.

Fratrie : Antonio Moretti

Non.

C'est pas possible.

Mon souffle se bloque dans ma gorge, la pièce se met à tourner. Heureusement, je suis déjà le cul par terre, le dos contre les placards, et je serre les paupières.

Les larmes menacent de monter.

Pourquoi je me mets dans cet état pour un truc aussi dérisoire ?

Parce que, clairement, il me plaît.

Le fait que je n'arrête pas de penser à lui me le prouve, mais j'ai encore envie de le nier.

Bon, peu importe.

Si Liam et moi sommes apparentés, alors il ne peut évidemment rien se passer.

Je balance le dossier à travers la pièce, l'agrafe cède et les pages s'éparpillent n'importe comment.

— Putain !

SEPT

HARPER

— Maman. Zeke m'escalade littéralement comme un portique pendant que je me débats pour l'installer dans son siège auto.

Je n'ai pas l'habitude d'emprunter la voiture de Luca, et je connais encore moins celle de Dante qu'il a prêtée à Luca.

— Tu es sûr que je peux conduire ça ? Ton père ne va pas la déclarer volée ? Je plaisante à moitié. Dante me fait toujours peur.

Luca esquisse un sourire derrière moi. — Je te promets que Papa a dit que je pouvais la garder. Un des avantages du boulot et du fait que tu sois ma femme. Il se penche et m'embrasse, ses bras s'enroulent autour de ma taille par-derrière. — Ça me donne aussi des avantages.

Je souffle par le nez et le repousse en riant, au moment même où Zeke se hisse hors de son siège auto.

Je renverse la tête, je fixe le ciel en maugréant. Mon fils met ma patience à rude épreuve.

Les mains de Luca reviennent se poser sur mes hanches, son souffle effleure ma nuque. S'il essaie de me calmer, ça ne marche pas. — Tu n'aides pas. Aucun de vous deux n'aide. Je suis plus qu'un peu agacée par la fameuse crise des deux ans de Zeke, qui s'éternise plus que je ne le voudrais.

— Maman, pas voiture.

— Je peux essayer ? La voix de Luca est douce, posée. Son calme, allez savoir pourquoi, m'agace aujourd'hui.

— Vas-y. Je m'éloigne pour faire retomber la pression, pendant qu'il parle à Zeke et le fait s'asseoir dans son siège. L'instant d'après, il l'attache sans la moindre protestation.

Putain. De. Merde.

Luca devient le dompteur de tout-petits.

Une fois Zeke sanglé, il dépose un baiser sur son front et se recule, avec ce sourire suffisant qui m'irrite encore plus. — De rien. Il rayonne, carrément.

Je pince les lèvres pour m'empêcher de lancer une réplique cinglante, et Luca se penche, me vole un baiser. Ses mains glissent autour de ma taille pendant qu'il m'embrasse.

Je fais attention, mes doigts se posent doucement sur son torse, parce que je sais que les bleus sont guéris, mais ses côtes fêlées me préoccupent encore.

— Tu es sûre que tu ne veux pas que je l'emmène au parc ?, demande Luca. — Tu pourrais prendre un bon bain moussant bien chaud, te détendre.

Mes yeux se plissent. Je ne peux pas m'empêcher de discuter. Mes mains se referment en poings, agacée. — Tu es en train de me dire que j'ai besoin de me détendre ?

Il sourit, les mains levées. — Je dis que je suis là pour aider. Je ne te dirais jamais que tu dois te détendre ou te calmer. Mais tu sembles un peu... stressée.

Luca se penche et m'embrasse, et la tension en moi fond à mesure que ses lèvres restent sur les miennes.

Sa main glisse dans le creux de mes reins, il me

serre plus fort, fait glisser sa jambe entre les miennes et me plaque contre la portière. Il repousse une mèche derrière mon oreille, sa bouche caresse mon lobe. — T'as besoin d'une bonne baise, hein, *princesse* ?

La colère, la frustration, tout s'échappe au début de sa phrase, ses mots me désarment… jusqu'à ce que je l'entende m'appeler *princesse*, et tout revient en bloc.

L'agacement me retombe dessus. Ma lèvre supérieure se retrousse, et il se recule en ricanant.

— Peur que je te morde ? Je fais mine de me pencher et je claque les dents vers lui.

Luca sourit. — Seulement si tes lèvres sont autour de ma bite.

Mon souffle se bloque dans ma gorge. Rien que l'entendre parler comme ça me met des papillons dans le ventre et me chauffe la peau.

Je me penche, je lui attrape la lèvre inférieure entre les dents en jouant, et je l'entends grogner.

— Maman, c'est quoi, la bite ? répète Zeke, et je grimace.

Et voilà, mon humeur retombe.

— Désolé, chuchote Luca, et il m'embrasse le bout du nez. Il a ce don de faire revenir le soleil. Je n'arrive pas à lui en vouloir. Même pour rire.

— Non, tu ne l'es pas. Je l'embrasse une dernière fois. — Bon, il faut que j'y aille, sinon le temps que je parte, il fera presque nuit.

Zeke joue au parc pendant une heure, puis le vent se lève et l'air se rafraîchit de quelques degrés.

— Allez, Zeke. On y va ! je l'appelle, tandis qu'il continue de courir sur l'aire de jeux, à la poursuite d'un autre petit garçon de son âge à travers le bac à sable.

De l'autre côté du parc, un homme en long manteau noir et lunettes de soleil nous observe.

Ou peut-être qu'il attend juste le bus. Sauf qu'il est du mauvais côté de la rue pour l'arrêt.

Il pourrait regarder n'importe qui, ou simplement rester planté là depuis quelques minutes, mais un frisson glacé me parcourt l'échine.

Et ces lunettes de soleil alors que la nuit tombe, c'est louche.

Je me dépêche de happer Zeke dans mes bras, et on traverse la rue dans la direction opposée, vers le supermarché.

Je prends un chariot, j'installe Zeke dedans

pendant que je pousse, et je ramasse les quelques produits dont on a besoin pour le dîner.

Alors que j'erre dans le rayon des céréales, décidée à prendre celles que Zeke préfère pour le petit-déj, l'homme s'arrête au bout du rayon et me fixe.

Je ne le connais pas.

C'est un des hommes de Dante, envoyé pour me surveiller ?

Pour me faire passer un avertissement ?

Il est sacrément intimidant.

C'est une sorte de vengeance parce que je me suis enfuie le jour de notre mariage ? C'était il y a des mois ; depuis, Luca et moi allons bien. On s'est rapprochés.

On ne voit pas sa famille aussi souvent, on a partagé quelques dîners, mais avec les blessures de Luca, il reste à la maison pour récupérer le week-end, et ça me va.

Je choisis de laisser les courses et d'attraper Zeke dans le chariot, et je sors du magasin sans rien acheter.

Zeke ne semble pas comprendre ce qui se passe. Je garde mes clés de voiture dans une main et Zeke calé contre ma hanche. Je jette un regard par-dessus mon épaule, et il n'y a personne.

D'accord, c'est bon.

À l'approche de la voiture, j'ouvre la porte arrière, et Zeke gigote dans mes bras. — Allez, au siège auto, bonhomme. Je souris et j'essaie d'afficher la mine joyeuse et enjouée de Luca, qui, chez lui, a l'air de marcher.

Zeke grimpe dans la voiture mais se tortille aussitôt. Impossible de le faire tenir en place.

— Zeke, j'ai besoin que tu t'assoies dans ton siège auto.

— Veux pas ! proteste-t-il.

Je me penche dans la voiture, j'essaie de l'attacher avec la ceinture de son siège, mais il gigote, tortille des fesses, se repousse, refuse d'écouter.

Une ombre passe sur la voiture, et je sens la présence de l'inconnu derrière moi. Les petits poils de mes bras se hérissent, et je frissonne malgré moi.

Son souffle effleure ma nuque, il se penche, me coince entre ma voiture et le fourgon blanc qui s'est garé à côté de nous après qu'on s'est arrêté au parc.

— Vous devriez vraiment attacher votre fils, pour sa sécurité.

Je me redresse un peu, ses lunettes de soleil me renvoient mon propre reflet.

— On ne vous a jamais dit de vous mêler de vos

affaires ? je grogne, et j'écrase violemment son pied.

— Dégage, putain.

Il sent l'essence et autre chose d'étrangement acide et âcre.

Il n'y a pas beaucoup de place entre les places, merci à celui qui s'est garé à côté de moi. Il recule contre le fourgon blanc, et la porte coulisse.

Il n'est pas seul.

L'espace d'une seconde, je nous imagine, mon fils ou moi, enlevés, et je me jette dans la voiture avec Zeke, je claque la porte et je verrouille tout avec la télécommande.

L'homme aux lunettes de soleil sourit et rit. Il a deux couronnes en or sur les dents de devant. Il soulève ses lunettes et me fait un clin d'œil.

Putain de salaud.

— Maman ? La voix de Zeke se brise dans sa gorge.

Il sent ma peur et sans doute aussi ma contrariété.

— Tout va bien se passer. J'essaie de convaincre Zeke qu'on est en sécurité, mais à l'intérieur, je tremble.

L'homme à l'extérieur rit, et je récupère mon sac par terre pour appeler Luca, puis je m'affale sur le siège à côté de Zeke.

— Salut, Harper, la voix de Luca résonne dans le haut-parleur.

Mon souffle se brise alors que j'essaie d'inspirer à fond pour calmer mon cœur affolé. — Je... j'ai peur. J'essaie d'être courageuse, pour Zeke. Je ne veux pas qu'il me voie craquer. Ça ne ferait que le bouleverser.

— J'arrive. Tu es toujours au parc ? L'inquiétude s'entend dans la voix de Luca. J'entends de l'agitation au téléphone, et j'imagine qu'il se prépare à quitter la maison.

— Je suis sur le parking du supermarché, et ce type, il m'a menacée—

— Reste au téléphone avec moi. La voix de Luca est la seule chose qui me calme.

Le connard qui m'a harcelée grimpe sur le siège avant du fourgon et m'offre un dernier sourire glauque et un salut avant de sortir de la place à côté de nous, me laissant trembler.

— Ça va, je chuchote, en essayant de reprendre contenance. Je force un sourire à Zeke, dont les yeux s'embuent. — Le type qui nous a menacés vient de partir.

Il y a plus de bruit en arrière-plan du téléphone de Luca, et j'entends Ashton et Liam sans distinguer ce qui se dit.

— Putain. Dis-moi exactement où tu es, Harper.

— Sur la banquette arrière avec Zeke. Les portes sont verrouillées. On est garés sur le parking du supermarché, dans la dernière allée, en face de l'aire de jeux.

— J'arrive avec Liam et Ashton. On est là dans quelques minutes. Reste au téléphone avec moi. Dis-moi tout.

J'entends de l'agitation chez eux, et en une minute ou deux, le bruit du moteur, celui de la voiture de Liam plus précisément, devient impossible à ignorer à travers le téléphone.

Je lui raconte ce qui s'est passé avec l'inconnu, et je jure que j'entends presque la fumée lui sortir par les oreilles.

— On est bientôt là, dit Luca. — Garde les portes verrouillées. La voix de Luca respire la détermination. Il est la force dont j'ai besoin maintenant, plus que tout.

Le pot d'échappement de Liam est cassé, mais ce vacarme devient un soulagement quand je l'entends remonter la rue.

Quand la voiture de Liam s'arrête, Luca bondit dehors, fait le tour du véhicule, se rassure que tout va bien avant de me dire de déverrouiller la porte pour lui, et on raccroche.

Ashton file dans le magasin, tandis que Liam se gare sur la place libre à côté de notre voiture.

— Ashton et Liam vont parler au gérant et lui demander de récupérer les images de surveillance. Moi, je te ramène à la maison.

En silence, j'acquiesce, je ravale mes larmes, je ne veux pas que Zeke me voie craquer.

Ma lèvre inférieure tremble, et Luca me regarde dans le rétroviseur pendant que je renifle. — Tu veux venir devant avec moi ?

Sans un mot, j'enjambe la console centrale et je me laisse tomber sur le siège passager en cuir. Il se penche, sa main trouve la mienne, nos doigts s'entrelacent.

— La prochaine fois, appelle-moi dès que tu sens le moindre truc. Toujours. D'accord ?

— C'est juste que... je pensais que je me faisais des idées. Tu sais comment est ton père. Je me disais que ça pouvait être un des hommes de Dante, mais ce fourgon blanc, ces menaces... Mes mains tremblent et j'inspire brusquement, la voix qui vacille. — C'était différent.

Luca me jette un coup d'œil, me serre la main, mais ne dit rien.

— Tu penses que c'est ton père ? Son silence m'inquiète.

— Non. Je pense qu'il y a des types là-dehors pires que Dante.

J'ai du mal à le croire, mais je ne pense pas qu'insulter son père serve à quoi que ce soit maintenant.

— On saura vite, dit Luca en me serrant encore la main. — Liam et Ashton récupéreront les enregistrements de surveillance.

— Et si le magasin ne veut pas le leur donner ? Je n'imagine pas qu'on les remette à deux étudiants.

— Tout ira bien.

Il reste bien plus calme que moi. Je le regarde nous conduire les quelques kilomètres jusqu'au campus. Je pousse un soupir de soulagement quand on s'arrête devant la maison. Je descends de la voiture, j'aide à détacher Zeke et je le porte jusqu'à la porte.

Luca paraît un peu plus sur le qui-vive, il balaie longuement les abords du regard.

— Je te promets que personne ne nous a suivis jusque chez nous. J'esquisse un sourire, mais son inquiétude commence à déteindre sur moi. Et c'est peut-être normal. Ce qui s'est passé au parc et au supermarché, c'est à faire froid dans le dos.

Est-ce qu'il sait quelque chose que j'ignore ?

— Le fourgon blanc qui s'est arrêté à ma hauteur, il est reparti. Je désigne le quartier tranquille, je me sens en sécurité. — Aucun fourgon blanc louche.

— On est en sécurité maintenant, Luca. Pas vrai ?

HUIT

BRISTOL

Après avoir balancé le dossier à travers la pièce, une nausée me submerge.

La colère, la gêne, l'humiliation me submergent.

Je commence à m'attacher à Liam Moretti, et je sais que c'est une erreur. C'est un connard au sourire suffisant, et je parierais ma vie là-dessus, il a un micropénis.

Oui, c'est ce que je ne cesse de me répéter, histoire de me rappeler que je le déteste et que je ne dois jamais m'enticher de cet abruti.

Le problème, c'est que ce baiser ne me sort pas de la tête.

Sans ce baiser, je ne penserais même pas à lui. D'ordinaire, il est la dernière personne à qui je pense. Facile, on n'est pas dans la même fac et les chances de tomber sur lui sont quasi nulles.

Je veux dire, sa sœur est à Great Falls, mais on n'est pas meilleures amies. C'est de l'histoire ancienne depuis qu'elle m'a salement trahie ma première année de lycée.

J'ai la rancune tenace.

La porte en bois s'ouvre à la volée, et Ariella me jette un regard, les sourcils froncés. — Tout va bien ici ? Je t'ai entendue crier.

J'essuie la larme égarée dont je ne me rends même pas compte qu'elle coule.

— Tout va bien.

Je mens.

Mais je ne me sens pas bien.

Ma lèvre inférieure tremble, et ses sourcils se froncent tandis qu'elle se penche pour ramasser le dossier, peut-être parce qu'elle reconnaît le nom.

— Parfois, avec ce boulot, on voit des choses qu'on n'aimerait pas voir. La voix d'Ariella est posée, son ton rassurant. Elle me tend la main, et je la prends pour me relever.

— Ashleigh, c'était ma mère biologique. Les mots m'échappent avant que je me rende compte de ce que je viens de dire, et je grimace.

Ariella hoche lentement la tête. — C'est une

petite ville. Les gens nous confient leurs secrets. Tu vas voir beaucoup de choses qui doivent rester confidentielles. Tu comprends ?

— Bien sûr. Je hoche la tête avec vigueur. — Je ne dirai rien.

Alors qu'elle remet les feuilles dans le dossier, elle s'interrompt et me jette un regard. — Emerson devrait te parler d'Ashleigh. C'est elle qui a demandé ce dossier.

Mon estomac se dérobe. — Tu vas en parler à ma mère ?

Ma tête tourne, et je ferme les yeux, le cœur affolé dans ma poitrine. J'ai l'impression d'être au bord d'une crise de panique.

Ariella pose une main sur mon épaule. — Tu veux que je te laisse quelques minutes ? Je peux t'apporter un verre d'eau, ou il y a du jus d'orange dans le frigo du bureau si tu préfères ?

— Du jus d'orange, ça me ferait du bien.

Tout pour qu'Ariella prenne son temps.

— Ne bouge pas, d'accord ? Elle prend le dossier avec elle et sort de la salle des archives.

Je force un sourire. — Bien sûr.

Adieu l'idée de lire la suite de ce dossier sur Ashleigh Russo. J'espérais même pouvoir faire une copie de sa photo.

C'est presque l'heure du déjeuner, et j'ai passé la majeure partie de la matinée à classer, même si Ariella a insisté pour que je fasse une pause, que je boive tout mon jus d'orange et que je m'assoie à mon bureau pour trier encore.

J'ai apprécié qu'elle s'en soucie, mais j'ai ignoré sa suggestion, du moins la partie où je devrais rester assise à mon bureau.

Il faut que je finisse le classement. J'ai déjà trié hier après-midi. Le matin, je classe. C'est ma routine.

La porte d'entrée s'ouvre ; des voix résonnent dans le vestibule. Je ne saisis pas ce qui se dit, et je tends la main derrière moi pour refermer la porte de la salle des archives.

Je préfère la paix au fait de tendre l'oreille, ici.

Je pourrais mettre mes écouteurs, mais je n'ai pas vraiment la tête à écouter de la musique.

Là, je savoure la paix sacrée du silence.

Je jette un coup d'œil à ma montre. D'ici peu, je pars déjeuner. Je n'ai pas d'horaire précis : je m'accorde une pause quand j'ai le temps.

Je veux finir tout le classement, puis déjeuner, pour pouvoir trier après.

Je ne jure que par les routines.

Ce boulot est d'un ennui mortel, mais au moins il est prévisible.

On frappe derrière moi à la porte de la salle des archives, et je jette un coup d'œil par-dessus mon épaule quand elle s'ouvre. — Salut, Bristol. Emerson me sourit, mais je perçois autre chose.

Ariella lui a dit que je fouinais.

— Allons déjeuner ensemble.

— Tu peux me laisser dix minutes ? J'ai presque fini.

Maman hoche la tête. — Bien sûr. Je t'attends là. Viens me chercher quand tu es prête.

Vingt-cinq minutes plus tard, je termine enfin et je sors de la salle des archives. Ariella et Em discutent vivement jusqu'à ce que je m'approche d'un pas décidé. — Ne vous arrêtez pas pour moi. Tant qu'elles ne parlent pas de moi, ça me va.

— On revient tout à l'heure, lance Emerson à Ariella. Maman me conduit dehors, et j'attends de me faire remonter les bretelles.

Même si, techniquement, elle n'est pas ma mère biologique, elle sait me passer un savon aussi bien que mon père.

Elle déverrouille la Subaru, et je monte côté passager.

— On va où déjeuner ? demande-t-elle.

— Lumberjack Shack ? J'adore leur bouffe, et le fait que Maman paie rend ça encore plus chouette.

Comme quoi, avoir un père milliardaire ne veut pas dire que je roule sur l'or. Papa a été clair : son argent, c'est le sien. Enfin, le sien et celui de Maman. À moi de me débrouiller.

Ça ne veut pas dire qu'il ne paie pas mes frais de scolarité, le logement et tout le nécessaire pour l'école, mais il ne me donne pas d'argent de poche pour m'acheter des trucs. Il a coupé ça à mes dix-huit ans, et avant, c'était pas plus que quelques dollars par semaine contre des corvées.

Il voulait que je mène une vie normale.

Pas de bol pour moi.

C'est pour ça que je fais ce stage en même temps que les cours. C'est à temps partiel, quelques heures par semaine jusqu'à la fin de l'été. La paye est pourrie, et le trajet en bus est une plaie, mais au moins je ne bosse pas dans un boui-boui graisseux à retourner des burgers.

— Alors, il te plaît, ce nouveau boulot ? demande Maman.

Je la regarde tandis qu'elle se concentre sur la route. — C'est bien. Enfin, le classement, c'est ennuyeux, mais au moins je sais que j'aurai du boulot à vie, au rythme auquel vous laissez des piles de papiers sur le comptoir et sur mon bureau à classer.

Maman rit. — Avec l'âge, il y a d'autres aspects du métier, plus plaisants. Mais tu es encore jeune. Tu as largement le temps.

Je ne vois pas trop ce qu'elle veut dire. — Et il y a toujours du temps pour classer, hein ?

— Plus sérieusement, il faut qu'on parle de ce que tu as vu ce matin. Le dossier de ta mère biologique. Le ton d'Em est grave, et je pince les lèvres, attendant qu'elle me gronde ou qu'elle me crie dessus pour avoir fouiné.

— Je veux que tu saches pourquoi j'ai fait faire la vérification d'antécédents.

Je me tortille sur mon siège, surprise qu'elle ne me hurle pas dessus.

Son ton est bien plus réservé, calme, maîtrisé. On dirait qu'elle a déjà répété cette conversation mille fois dans sa tête.

— Il y avait quelque chose à propos d'Antonio Moretti.

Maman hoche la tête. — Oui. Tu te souviens de notre première rencontre ? Elle quitte l'artère principale, grimpe la route de montagne et se gare devant le restaurant en rondins. L'endroit a été rénové et s'est agrandi au fil des années, mais leur cuisine reste une tuerie.

Elle coupe le contact, on descend toutes les deux

et on entre. On prend une banquette et on nous apporte les cartes. Ce n'est pas comme si j'en avais besoin : je sais exactement ce que je vais commander.

Leur ragoût Brunswick est à tomber.

En plus, j'adore les chips qu'ils servent pour tremper dans le ragoût. C'est ce que je préfère.

Après qu'on a passé commande des boissons et des plats à la serveuse, Maman me fixe, l'inquiétude gravée entre les sourcils. — Tu te souviens de notre première rencontre, Bristol ? me redemande-t-elle.

— J'avais six ans. J'essaie de me rappeler la première fois où je t'ai vue. — Pas vraiment. Je me souviens que tu étais ma nounou pendant un court moment, avant que tu ne te mettes à sortir avec mon père, puis vous avez embauché Lia pour s'occuper de moi.

Un sourire en coin étire les lèvres de Maman. — On ne voulait pas te le dire, mais ton père m'avait engagée comme garde du corps pour toi.

Un immense sourire me barre le visage. — Sans blague. Je sais bien qu'elle a fait ce genre de boulot pour d'autres, mais elle était *ma* garde du corps ?

Je la fixe, la mâchoire pratiquement par terre. — Comment j'ai pu ne pas le savoir ?

— Ton père ne voulait pas que je te le dise. En

fait, tu as déboulé dans la pièce en demandant si j'étais ta nounou, et ton père a laissé faire.

— Donc, vous m'avez menti ? Je hausse un sourcil, la tête penchée vers Maman. — Et pourquoi, bon sang, une gamine de six ans aurait besoin d'une garde du corps ? Le croque-mitaine me courait après ?

Le sourire sur les lèvres de Maman s'efface peu à peu. — Ton père craignait que la mafia italienne ne s'en prenne à toi.

— D'accord. Allez, c'est quoi la vraie raison, Em ?

Je sais qu'elle n'aime pas que je l'appelle comme ça, mais je lui ai bien fait comprendre que je ne l'appelle pas Maman au travail. Et là, ça ressemble carrément à une conversation de boulot.

Elle ignore que j'utilise son prénom, pas le moins du monde contrariée. D'habitude je l'appelle Maman, mais pendant très longtemps, c'est Em pour moi et M&M pour mon père. Il l'appelle encore comme ça, et ça me donne envie de vomir. Ces deux-là n'arrêtent jamais de flirter. Beurk !

— Ta mère biologique, Ashleigh, avait un frère qui a été enlevé avant la naissance d'Ashleigh. On ne l'a jamais retrouvé.

Mes yeux s'écarquillent. — Sans blague. Même Eagle Tactical n'arrive pas à le retrouver ?

— Eagle Tactical n'existait pas quand on l'a enlevé, ma chérie.

D'accord. Quelle idiote. — Donc Antonio Moretti est mon... oncle ? je devine, ayant déjà fait le rapprochement. Et ça me dégoûte à mort, surtout parce que ça met fin d'un coup à toute idée d'un nous entre Liam et moi.

La poisse.

— Oui et non. Ashleigh a fait un de ces tests ADN généalogiques. Elle voulait savoir si son frère était toujours en vie. Les résultats ont indiqué qu'elle avait un membre de sa famille nommé Antonio Moretti.

— Où est la part de « oui et non » ? Pour moi, c'est un oui franc. Je croise les bras sur ma poitrine. — Mon oncle Antonio, c'est quoi, la mafia italienne ? Je plaisante, juste parce qu'elle a évoqué la mafia tout à l'heure, mais ce n'est pas son cas.

Franchement, la mafia, ça existe encore aujourd'hui ?

— Antonio Moretti trempe dans le crime organisé, dit Maman d'un ton parfaitement neutre, mais il y a plus d'un Antonio Moretti à New York. La vérification d'antécédents me permet de réduire la liste par date de naissance, pas seulement par année. Ce qui veut dire qu'il y a vingt hommes qui s'appellent Antonio Moretti à New York, sans parler du New Jersey et des autres États où ton oncle biologique a pu être placé enfant ou où il a pu déménager adulte.

Je fixe Maman, sans ciller.

Qu'est-ce qu'elle cherche à dire, bon sang ?

— Ton oncle n'a rien à voir avec la mafia italienne. On l'a enlevé enfant, replacé dans une autre famille, et il vit actuellement dans le Connecticut.

Je la fixe, bouche bée.

— Je n'ai aucun lien de parenté avec l'Antonio Moretti dont le fils était à mon école ?

Maman sourit. — Tu te souviens du père de Liam et Sophia ? On les a invités à dîner une fois, soirée... mouvementée.

C'est la seule fois dont je me souviens avoir rencontré son père. Après, sa mère a emmené Sophia à la patinoire pour qu'on aille patiner, et on a fini par devenir assez proches.

Je ne me souviens pas de grand-chose de cette soirée. J'étais jeune et je détestais Liam. Je lui ai collé un pain en primaire après des semaines à me harceler. L'instit ne mettait pas fin à ça, alors je lui ai réglé son compte.

— Donc, je n'ai aucun lien de parenté avec ce connard prétentieux ?

Le regard de Maman se durcit. — On surveille son langage, Bristol. Mais non, tu n'as de lien de parenté avec aucun d'eux. Ça te rassure ? demande-t-elle, devinant peut-être mon malaise. Évidemment, elle ne sait pas pourquoi.

— Oui.

On nous apporte nos plats, et je dévore les frites en les trempant dans le ragoût.

— Alors, tu promets d'arrêter de fouiner au bureau ?

— Je ne fouinais pas !

Bon, peut-être bien que si, mais c'était quand même le dossier de ma mère bio. Sérieusement, je fais quoi, moi ? Je l'ignore ? Tu parles !

Le boulot m'ennuie à mourir, mais Maman n'est pas au bureau le reste de l'après-midi.

Je coince la photocopieuse, en veillant à bien l'achever. Au moment où elle lance la copie, je lui fourre plusieurs feuilles de plus, et elle se met à pousser un vacarme insupportable, comme si des loups étaient en train de la dévorer vivante.

— Ariella ! dis-je en grognant, en espérant que mon stratagème marche.

— Oh, merde. Pas encore. Elle bondit de son bureau, ses talons claquant.

— Il faut que j'aille aux toilettes. Tu peux essayer de réparer cette monstruosité ? Je la frôle en passant, je file vers les toilettes puis je me faufile par un couloir pour revenir à son poste.

Bingo !

Elle a *enfin* laissé son ordinateur déverrouillé.

Ne demande pas combien de fois, ces dernières semaines, j'ai tenté ce coup-là.

Le coup marche toujours, mais pour la trouver connectée sans verrouillage, je n'ai pas eu autant de chance.

J'ouvre en vitesse la page des vérifications d'antécédents et je tape *Liam Moretti.*

Je ne cherche pas des antécédents judiciaires. Je ne pense pas qu'il en ait, enfin j'espère. Ce que je veux, ce sont ses coordonnées.

Je récupère une adresse, je la griffonne sur un bout de papier, je le fourre dans ma poche, puis je ferme la fenêtre sur son ordinateur et je me dépêche de revenir.

— Ça y est ! Ariella arrache les pages, les mains

noircies d'encre. — Cette antiquité. Je n'arrête pas de dire à Jaxson qu'il doit faire venir quelqu'un pour la regarder. C'est drôle, elle ne fait des siennes qu'avec toi.

Je ris. — Oui, le truc le plus dingue.

NEUF

LIAM

Depuis cette drôle de rencontre avec Harper au supermarché, un truc cloche. En fait, ça commence avant, quand Luca refuse de jouer notre dernier match de la saison, que nous perdons sans lui.

Je l'ai encore un peu en travers de la gorge.

Je sais qu'il prétend être malade, et je compatis, mais on dirait qu'Ashton joue les gardes du corps personnels de Luca, qu'il le couvre, et il ne semble pas s'inquiéter une seconde de l'emmener chez un médecin.

Je déteste les secrets, surtout quand on me tient dans l'ignorance.

Mais je comprends : Luca et Ashton bossent pour Dante. Par ici, tout le monde sait qu'ils participent activement aux affaires du père de Luca. Du coup, je me demande si tout ça ne s'entremêle pas.

Je tire Ashton dans ma chambre. Avec Nova dans les parages, c'est dur d'avoir cinq minutes à lui. — Tu vas me dire ce qui se passe entre toi et Luca ?

Nova n'était pas à la maison le jour où on a filé au supermarché pour prendre des nouvelles de Harper et cuisiner le gérant à propos des images de vidéosurveillance.

Après qu'on a bien expliqué que Harper s'était fait filer et harceler, le gérant passe les enregistrements en revue, puis nous les fait regarder une fois convaincu qu'on n'invente pas n'importe quoi.

On n'y reconnaît personne.

Et, depuis, Luca et Ashton n'en disent plus un mot. En tout cas, pas à moi.

— De quoi tu parles ? Moi et Luca ? Ashton me jette un regard comme si c'était moi le dingue.

— Harper. Le harceleur du supermarché. Qu'est-ce qui se passe, bordel ?

Le regard d'Ashton se durcit, et il grimace. — Tu devrais en parler à Luca.

— Très bien. Je grogne et j'ouvre en grand la porte de ma chambre, puis je sors en trombe.

Luca est assis sur le canapé avec Zeke.

— Un mot, je lâche en désignant ma chambre d'un signe de tête.

— Je suis un peu occupé..., lance Luca en essayant de m'éconduire. Je traverse la pièce d'un bond, je l'attrape pour qu'il me suive, et je referme la porte de la chambre derrière moi. — Zeke...

— Ton fils ira très bien cinq minutes.

C'est tout ce qu'il me faut.

Luca croise les bras sur sa poitrine, s'adosse à la porte close et hausse un sourcil. — Qu'est-ce qui se passe ?

— C'est justement ce que j'aimerais savoir ! je souffle, en fusillant Luca du regard avant de reporter mon attention sur Ashton. Vous gardez trop de secrets ici. Ça va encore, jusqu'au moment où vous commencez à m'embarquer dans ce merdier. C'était quoi, au supermarché, avec Harper ? C'était qui, ce type ? Pourquoi il la menace ?

J'ai mille questions, et Ashton et Luca se contentent de me fixer. Ils échangent un coup d'œil discret, et ça retombe dans le silence.

La mâchoire crispée de Luca me dit que si je ne continue pas d'insister, je n'aurai aucune réponse. Son regard accroche le mien, sans ciller.

Ashton détourne les yeux, détaille les affiches de

musique sur mon mur, fait semblant de s'intéresser à n'importe quoi d'autre qu'à cette conversation.

— Le silence, ça ne marchera pas. Pas avec moi. Vous me devez une explication. J'ai tout laissé tomber pour vous conduire aider Harper, et je le referais sans hésiter, mais ne me dites pas que ce n'était rien. J'ai vu les images de vidéosurveillance. Je fixe Luca, attendant qu'il cligne des yeux, qu'il cède et me livre quelque chose.

Encore du silence, et je me rapproche, j'empiète sur son espace. — Tu me dois des réponses.

— Je ne te dois rien, réplique-t-il sèchement.

— Vraiment ? La prochaine fois que ta femme a des ennuis, je te laisse te débrouiller tout seul ? J'avais tout laissé tomber, j'étais monté dans ma caisse avec Ashton et Luca, et j'avais traversé la ville à toute allure pour m'assurer que Harper et Zeke allaient bien.

Luca soupire et renverse la tête contre la porte, lève les yeux pour éviter mon regard.

Il sait que j'ai raison.

— Harper et Zeke ont été menacés il y a quelques semaines par un autre parrain, Massimo DeLuca. C'est une longue histoire, mais pour faire court, Harper n'est pas au courant des menaces.

En expirant, je recule, je lui rends de l'espace et

je viens m'asseoir au bord du matelas. Je ne devrais pas être surpris, je sais très bien que Dante est mafieux, mais je déteste entendre que mon amie et son fils se font menacer par un autre parrain.

— Et toi ? C'est pour ça que tu n'as pas pu jouer notre dernier match de la saison ? Il t'a menacé, toi aussi ? Je sais que Luca n'était pas malade. Je ne sais juste pas ce qui a bien pu se passer pour lui faire lâcher son sport préféré.

— Il a fait un peu plus que me menacer, lâche Luca en se désignant la poitrine. Quelques côtes fêlées, en plus de jolis hématomes.

Je fais la grimace. Les côtes fêlées, c'est sans doute la raison pour laquelle il ne peut pas jouer au hockey. Je l'ai déjà vu couvert de bleus après un match. Ça ne l'empêche jamais de s'entraîner ni d'être là au prochain entraînement.

Quand il en a fini de me parler de Massimo DeLuca, son oncle, l'homme qu'il pense être derrière les menaces, je me rends compte que ma lèvre saigne.

Je mâchonne ma lèvre sans même m'en rendre compte. J'essuie le sang et je tique, mais pas à cause de la douleur.

Les menaces contre Harper et Zeke ne sont pas que des paroles en l'air.

— Tu ne peux pas le dire à Harper. La fièvre dans le regard de Luca me met mal à l'aise. Luca s'avance vers moi, me dominant au-dessus du matelas.

Il s'attend à ce que ça reste entre nous trois ?

J'ai la tête qui tourne.

Harper ne devrait-elle pas être au courant pour faire plus attention ? — Pourquoi, bordel ? Elle mérite de savoir si elle est en danger.

— Je ne veux pas l'inquiéter, grogne Luca. Et ce n'est pas à toi de le lui dire.

Ashton détourne de nouveau le regard, passe de l'affiche à ma platine posée sur le meuble contre le mur. Visiblement, il se distrait pour rester le plus loin possible de cette conversation.

À le voir se taire, on dirait qu'il est d'accord avec Luca.

— C'est un sacré secret que tu me demandes de garder. Je baisse la tête une bonne minute, je me demande ce qui est le mieux pour tout le monde. Puis je le regarde droit. — Putain, Luca. Des trucs comme ça, ça va finir par te faire détester par Harper.

Alors qu'ils commencent enfin à s'installer dans leur vie de jeunes mariés — heureux, sereins —, il va tout foutre en l'air.

Au moins, j'essaie de l'empêcher de bousiller son mariage.

— Jure-moi que tu ne diras rien à Harper, lance Luca en se penchant sur moi. Je lève les yeux au ciel, agacé qu'il ne me fasse pas confiance.

— Je le jure.

— Elle n'a pas besoin de s'inquiéter de DeLuca et de ses hommes. Mais j'ai besoin de votre aide à tous les deux, déclare Luca en promenant son regard de moi à Ashton, pour voir si on est partants.

Ashton regarde Luca par-dessus son épaule. — Tout ce qu'il faut. On est de la famille.

— Il y a déjà de la surveillance autour de la propriété, explique Luca, mais je dois savoir que Harper et Zeke sont en sécurité partout où ils vont.

— Tu veux qu'on joue les gardes du corps tout l'été ? je lance, moqueur. Ça semble plutôt un rôle pour toi.

Ashton laisse échapper un rire discret.

— Ce n'est pas le moment de rire ! Luca fulmine, mais je doute que Harper se réjouisse d'avoir l'un de nous sur le dos en permanence.

Connaissant Harper, elle va nous filer entre les doigts et se carapater dès qu'elle comprendra ce qu'on mijote. Cette fille a du répondant.

— Liam a raison. On va suivre Harper partout

sans qu'elle s'en rende compte, comment ? Ashton affiche un sourire en coin, attendant que Luca nous sorte un plan en béton.

— On se relaie pour lui couvrir les arrières ; tant qu'elle est ici, à la maison, ce ne sera pas difficile. Il faut que quelqu'un soit avec elle et Zeke en permanence, enchaîne Luca en nous regardant l'un et l'autre, et on hoche la tête. J'ai besoin de ça, tous les deux. Ne m'obligez pas à supplier.

— Seulement parce que j'aime bien Harper et Zeke. Sinon, je t'aurais fait te mettre à genoux pour moi.

Ashton ricane à mi-voix. — Je te regarderai supplier, Luca.

Les mains de Luca se ferment en poings, et ses narines se dilatent.

Je l'ai déjà vu enragé sur la glace, et je n'ai aucune envie d'être en face quand il balance un coup de poing.

— Du calme, on te charrie, c'est tout, lance Ashton. Il lui tape dans le dos. — On veillera sur ta famille.

Luca expire bruyamment. Pas de sourire. Pas la moindre lueur d'amusement. Rien que l'inquiétude pour les siens.

— Et quand elle voudra emmener Zeke au parc ou

aller se promener ? On est censés la suivre ? je demande. J'ai l'impression qu'il n'a pas vraiment réfléchi à son plan. Ça va paraître louche si on l'escorte tout le temps. Harper finira par s'en rendre compte.

Ashton ricane. — Je ne pense pas que filer Harper va arranger les choses.

Luca grommelle, manifestement agacé contre nous deux. — Je propose dès que je suis à la maison, mais ce serait bien que tu l'accompagnes ; par contre, surtout, *pas* la suivre. Son regard, deux poignards acérés.

— Détends-toi, je ne suis pas le harceleur de ta femme. Je plaisante pour la filature. Enfin… plus ou moins. Je force un sourire en soutenant le regard de Luca. — On veillera sur Harper et Zeke. Tu n'as pas à t'inquiéter.

Ashton fronce les sourcils en traversant la pièce à grandes enjambées. Il fouille ma collection de vinyles, se sert sans gêne. — Je peux sans doute convaincre Nova de donner un coup de main aussi, si ça te convient que je lui confie ce qui se passe ?

— Absolument pas ! Luca arpente ma chambre en long et en large. — Tout ce que tu dis à Nova, attends-toi à ce qu'elle le répète à Harper.

— Nova sait garder un secret, réplique Ashton en

défendant sa petite amie, et je regarde la scène, captivé.

Nova a caché leur relation à Luca pendant des mois, mais Harper savait et s'est tue aussi. Il y a eu beaucoup de secrets sous ce toit.

— Non. Point. Luca se dirige vers la porte, signifiant que la discussion est close.

Je suis content des vacances d'été, de la chaleur, du fait que je n'ai pas cours.

Faire le garde du corps pour Harper et Zeke n'a pas l'air si terrible, sauf qu'il n'est jamais question de salaire. Peut-être que je devrais négocier avec Luca ou demander à être mis sur la paie de son père, comme Ashton.

Comme Luca se remet encore de ses blessures, Ashton et lui sont libres le week-end du boulot pour Dante. Je dis merci, sinon je passe tout mon week-end en garde rapprochée.

Ce n'est pas comme si mes week-ends sont surchargés, ces temps-ci.

Ashton et Nova passent pratiquement tout leur temps libre à baiser ou à se câliner. J'essaie de ne pas être jaloux — pas que j'aime Nova autrement qu'en amie.

Ce qui me manque, c'est ce que j'avais avec Iris — pas grand-chose. Un plan amis-avec-bénéfices, parfait pendant les vacances et l'été, quand on a plein de temps libre et qu'on peut se retrouver pour coucher.

J'ai besoin de me soulager de ce manque, et la nuit, je ne pense qu'à Bristol Greyson.

Je sais, je ne devrais pas fantasmer sur la fille qui me tuerait dans mon sommeil si elle en avait l'occasion.

Mais ça reste un fantasme, parce que je ne peux pas la contacter. Elle, c'est *les ennuis*. Et puis elle me déteste.

Cette fille m'a mis son poing au CP !

Non, je ne lui ai toujours pas pardonné.

Elle m'a complètement humilié. Le minimum, maintenant, ce serait de flatter un peu mon ego, de se rattraper. Mais elle ne le ferait jamais.

Cette fille, c'est le diable.

Et ce baiser qu'on a échangé, j'*ai besoin* de me le sortir de la tête.

Mais je n'y arrive pas.

J'essaie d'embrasser quelques groupies du hockey, mais ça ne va jamais plus loin, parce qu'à chaque fois que leurs lèvres touchent les miennes, je pense à *elle*.

La porte de ma chambre s'ouvre d'un coup, et Zeke déboule, grimpe sur mon lit. Il se met à sauter et à piailler en levant les bras.

Putain, ils sont où, Luca et Harper ?

Je soulève le gamin, bras tendus comme un sac de farine. — Luca ! je grogne, en portant le petit qui donne des coups de pied et se tortille sans arrêt.

— Par terre. Pose. — Putain, par terre. Zeke a pris une sacrée taille ces deux derniers mois. Et son vocabulaire s'est joliment enrichi, grâce à certains d'entre nous sous ce toit.

— Je ne crois pas que tu sois censé dire ce mot, je le gronde.

Il me tire la langue.

C'est le gosse de Luca, sans aucun doute. Bon, peut-être pas biologiquement, mais les mimiques qu'il chope crient Luca.

OK, elles crient peut-être aussi un peu d'Ashton et de moi, aussi.

On le corrompt complètement.

— Ton petit mec vient de débouler dans ma chambre, sans prévenir. Je le tends à Luca, qui le pose par terre et le laisse repartir en courant.

— Désolé, Liam. Ferme ta porte à clé si tu ne

veux pas qu'il déboule. Luca attrape la télécommande. — Hé, bonhomme, tu veux regarder des dessins animés ?

— Tu ne vas pas le coller devant la télé toute la journée. Harper déboule de la cuisine exactement comme Zeke vient de débouler dans ma chambre.

On dirait un mini-moi qui terrorise l'endroit.

Je balaie la maison du regard. Ashton et Nova semblent avoir disparu. Les portes de leurs chambres sont fermées. Ils sont peut-être en train de baiser, mais je parierais qu'ils sont sortis, histoire d'éviter les foudres de la petite locomotive qui menace ma santé mentale.

J'attrape mes chaussures près de la porte.

— Tu vas où ? demande Luca en haussant un sourcil interrogateur. J'ai l'impression qu'il me demande en silence une invitation, une chance de s'échapper, ne serait-ce que quelques heures.

Mais il faut bien que quelqu'un veille sur Harper et Zeke.

— Dehors. Je souris en coin et j'agite la main. — Amusez-vous bien, vous deux. Je lance un clin d'œil à Luca puis je me dépêche de sortir.

Je suis le connard ? Probablement, mais Luca a épousé Harper. Il s'est engagé avec elle ; autant apprendre à l'aider avec Zeke. Et ces derniers temps, il s'implique davantage.

Pendant un moment, c'est Ashton qui fait un peu plus de baby-sitting et porte le plus lourd avec Zeke, mais on dirait que Luca finit par prendre davantage sa place de père.

Enfin, bordel.

Je file au café prendre un moka glacé et je jette un bref coup d'œil autour pendant que la barista prépare ma boisson.

Mon regard tombe sur l'unique, la seule, Bristol Greyson.

Mon cœur accélère un peu plus chaque fois que je la regarde.

Hors de question.

J'évite de la regarder, je me dandine, je me tourne de l'autre côté ; avec un peu de chance, elle ne me remarque pas.

Des pas arrivent derrière moi et j'inspire brusquement. C'est son odeur.

Je la sens à un kilomètre — enfin, façon de parler — mais bon sang, elle sent incroyablement bon, la pêche et le miel.

Son parfum m'enivre, mais dans le meilleur sens qui soit, presque céleste. Si quelqu'un l'embouteille, j'en aspergerais mon oreiller et mes draps. Mes rêves d'elle seraient encore plus vifs.

J'inspire, j'essaie de ne pas paraître en manque ni trop évident, et je force un sourire. — Greyson.

— Je préfère Bristol, dit-elle.

— Bon à savoir, Greyson. Je ne lui donne pas ce plaisir.

C'est le seul truc qu'on a pour nous : une joute verbale sans fin. Parfois, je ne sais pas si c'est du flirt ou juste de l'inconscience. Y a-t-il seulement une différence avec Bristol Greyson ? Flirter avec elle, c'est forcément jouer avec le feu.

Elle lève les yeux au ciel. — Peu importe, Moretti.

Je cille à l'entente de mon nom de famille. Elle essaie encore de me chercher. Ça ne marche pas. Mes potes m'appellent Moretti, c'est ce qu'il y a sur mon maillot.

— Liam, appelle la barista.

— Bon, c'est mon signal. J'attrape ma boisson, et Bristol me colle aux talons. Cette fille n'a jamais été du genre Velcro, mais là, j'ai l'impression de ne plus pouvoir m'en débarrasser.

Où va le monde ?

— Tu ne vas pas me demander ce que je fais sur *ton* campus ? demande Bristol.

Je secoue la tête. — Non.

Je meurs d'envie de savoir pourquoi elle est là ? Oui, mais je refuse de lui donner ce plaisir. Est-ce que je l'utilise comme fantasme depuis des mois ? Putain que oui.

Vraiment, une bouteille de parfum Bristol Greyson, ce serait une idée de génie.

Quelqu'un devrait le commercialiser.

Je la détaille, je la dévore des yeux centimètre par centimètre.

Putain, elle est canon dans cette mini-jupe noire en cuir et ce haut qui couvre à peine son ventre.

Elle est tout en noir et rouge sombre, combinaison létale.

Et ces talons plateformes en cuir qui crient « baise-moi » n'aident pas non plus.

Je me tortille, mal à l'aise, quand ma bite tressaille dans mon jean.

Du calme, mon grand, ne va pas attraper des sentiments pour le diable.

— Eh bien, je suis venue pour te voir, dit Bristol en me fixant. Et rien qu'à son expression, je n'arrive pas à savoir si elle est sérieuse ou si elle plaisante.

Mais elle plaisante forcément. C'est Bristol. Elle préfèrerait nager à poil dans des sources bouillantes plutôt que venir me rendre visite. Sauf si c'est pour me pourrir la vie.

C'est possible.

Je force un sourire, parce qu'autrement je la plaque contre cette table pour la prendre. Cette jupe est beaucoup trop courte et, en même temps, trop longue, parce qu'elle lui cache le cul.

La chaleur embrase chaque centimètre de mon corps.

Elle se fout forcément de moi.

C'est exactement le genre de truc que cette fille me fait ; elle me tourmente sans arrêt. Même si, soyons honnête, je lui en fais baver moi aussi depuis des années.

On se déteste.

— Bonne journée, Bristol. Je n'ai pas l'intention d'utiliser son prénom, mais il m'échappe et, putain, elle m'attrape par le bras.

Je plisse les yeux. — Qu'est-ce que tu fous ?

Elle mord sa lèvre inférieure, la tire entre ses dents, et ma bite tend mon jean, avide de caresses.

Ça fait beaucoup trop longtemps que je n'ai pas baisé, et la façon dont Bristol me regarde me met en appétit.

Affamé.

— Je voulais te parler. Bristol ne me lâche pas le

bras. Sa poigne est chaude et ferme, et j'arrache mon bras.

— Très bien, mais on n'a rien à se dire. Je prends mon café et je sors du café aussi vite que possible.

— Liam ! crie Bristol derrière moi, mais je me barre déjà.

Il faut que je m'éloigne loin de Bristol Greyson avant de faire l'impensable.

Je ferais bien de passer le reste de mon après-midi à la salle.

Ce n'est pas une distraction incroyable, mais ça m'aiderait à brûler l'excès d'énergie qui me traverse rien qu'en pensant à *elle*.

Il n'y a aucune chance qu'elle me plaise.

Aucune.

Zéro.

C'est juste parce que ça fait beaucoup trop longtemps que je n'ai pas couché que je la trouve attirante, même *elle*.

Je dois choper une fille, et vite.

Le problème, c'est qu'avec la saison de hockey terminée, je n'ai plus une flopée de groupies du hockey qui se jettent sur moi.

Ça ne veut pas dire que je ne pourrais pas entrer dans un bar, trouver une fille et conclure.

Mais je ne fonctionne pas comme ça. Je préfère

un plan cul régulier avec une amie, mais cette option, je l'ai rayée.

Et celles que je connais pour ça sont déjà en couple.

Il ne me reste donc qu'à choisir une fille dans un bar ou à fouiller des profils sur Internet.

Je refuse les rencontres en ligne.

Je ne dis pas qu'il y a quoi que ce soit de mal, techniquement. Je suis un mec, j'aime mater les jolies filles, mais choisir d'abord sur l'image et seulement ensuite sur le profil, c'est crade.

Je préfère apprendre à connaître une fille, lui parler, puis la baiser.

En vérité, je suis plutôt du genre à connaître la fille, puis m'amuser. C'est pour ça que je choisis les plans cul entre amis plutôt que d'aligner des nanas au hasard tous les soirs, comme Ashton le faisait.

On n'est pas pareils.

Je suis content qu'il se range enfin un peu avec Nova. Elle le change, et clairement pour le mieux.

Je sirote mon café et j'entends Bristol me courir après.

— Liam, attends. Je fais une grimace et je me retourne pour lui faire face. — On ne pourra pas dire que tu manques de persévérance. Et d'être pénible. J'ajoute cette petite pique, juste pour l'agacer.

Apparemment, ça marche. Elle fronce le nez, la rage lui grimpe au visage. J'espère que son café est glacé, parce que je crains un peu qu'elle me le balance dessus. — Je ne sais pas pourquoi j'ai un jour envisagé de coucher avec toi ! Elle souffle et pivote sur ses talons.

— Pardon ?

Les yeux de Bristol s'écarquillent, et elle essaie de filer, mais, non, pas question.

— Coucher avec moi ? Je lui attrape le bras, la ramène vers moi d'une traction, la rattrape quand elle trébuche. Je la stabilise, mes mains se referment sur sa taille, et je plonge dans ses bleus profonds comme l'océan.

De quoi elle parle ?

On n'a jamais failli coucher ensemble, sauf dans quelques-uns de mes fantasmes, mais ceux-là sont enfermés à double tour dans un coffre-fort dans ma tête.

Aucune chance qu'elle y ait accès.

Ses joues sont écarlates et elle respire vite, un peu trop vite. — Je crois que je vais être malade, marmonne-t-elle, et je la sens trembler dans mes bras.

Je garde mes bras autour de sa taille et je la guide jusqu'à un banc. Ses jambes sont en coton, elle trébuche, et je la fais s'asseoir, mes jambes la bloquent pour l'empêcher de basculer en avant.

Sa peau luit et elle pâlit, alors qu'il y a quelques instants elle est franchement rayonnante et toute rouge.

— Putain, râle-t-elle, en haletant, comme si elle venait de courir un marathon.

Finalement, je me penche à sa hauteur, toujours en barrage pour l'empêcher de glisser du banc. Je ne suis pas sûr qu'elle aille bien.

— Je dois appeler quelqu'un ? dis-je, sans trop comprendre ce qui se passe.

Est-ce qu'elle fait une crise d'angoisse ? Je ne sais pas trop quoi faire pour elle, ni comment l'aider. Ses yeux sont grands ouverts. Elle est consciente, mais elle ne semble pas me voir.

— Bristol, dis-moi ce qui se passe. À part que tu veux coucher avec moi.

— Pas drôle, Moretti. Je… j'en sais pas… Je… je ne sais pas, balbutie-t-elle. Ses mains tremblent à vue d'œil, et ses jambes frissonnent à peine. Je ne le remarquerais pas si je ne sentais pas ces soubresauts contre moi.

Mes mains se posent fermement sur ses bras. — Je pense que tu fais une crise d'angoisse.

Bristol secoue la tête. — Ce n'est pas ça. Je ne sais pas ce que c'est, mais ça m'arrive de plus en plus souvent.

J'inspire, nerveux. — Plus souvent ? Tu veux dire que ça t'est déjà arrivé ? J'attrape son poignet, je prends son pouls tout en jetant un œil à ma montre.

— T'es quoi, une sorte d'infirmier ? plaisante-t-elle avant de grimacer. Elle a encore le souffle court, mais ça va un peu mieux.

— Je fais des études de médecine. Je veux devenir médecin. Mais je viens juste de finir ma première année de licence. Je n'attaque pas encore les matières vraiment utiles. J'ai des années devant moi avant d'étudier la médecine pour de bon.

Elle devrait le savoir, on a le même âge, on a fréquenté les mêmes écoles privées en grandissant. Son père est milliardaire. Mon père, lui, c'est la mafia.

— Je veux t'emmener au centre de soins du campus.

— Hors de question ! Bristol me repousse. — Ça va. Elle se lève, et je passe un bras autour de sa taille.

Elle tremble. C'est léger, mais je le sens là, dans mes bras.

— Tu es sûre que tu n'es pas juste nerveuse parce que tu es tombée amoureuse de moi ? je plaisante, pour alléger la situation.

Bristol lève les yeux au ciel et grogne. — Je te garantis, Liam, que ça n'arrivera *jamais*.

J'essaie de ne pas le prendre pour moi. C'est Bristol Greyson, mon ennemie jurée. Pas que j'en aie une immortelle, mais nous deux, on finirait par s'entretuer, même si on était les deux derniers humains sur terre. L'humanité ne survivrait pas à nous.

— Aïe. Je souris, je la taquine, j'essaie de détendre l'atmosphère. — Tu vas où, maintenant ?

— Honnêtement—

— Non, mens-moi.

Elle ricane. — Je devrais rentrer.

— Tu viens jusque sur le campus pour une tasse de café ? Je la regarde, mon bras bien calé autour de sa taille. — Tu devrais peut-être lever le pied sur la caféine. T'en as bu combien ?

— Une seule.

— Et ce matin ? je demande, en essayant de comprendre.

— Je n'ai bu qu'une tasse de café aujourd'hui. Elle force un sourire. La couleur revient à ses joues, et le tremblement s'apaise. Si elle tremble encore, je ne le sens pas.

Je doute qu'elle puisse me le cacher. Pas après l'état où elle est sur le banc tout à l'heure.

— Tu es sûre que tu peux conduire pour rentrer ?

Bristol esquisse un sourire. — Tu te découvres des sentiments pour moi, Moretti ?

— Je n'ai pas envie de te voir rentrer dans une autre famille qui n'a rien demandé, dis-je pour m'expliquer. Laisse-moi te ramener.

— Ça va. J'ai pris le bus. Tu n'as pas à t'inquiéter que je tue une femme enceinte au volant, parce que je ne conduis pas. J'ai mon permis, mais je ne conduis jamais. Pas de voiture. Chauffeur depuis toujours, les problèmes de gosse de riche. Son sourire me fait penser qu'elle n'est pas totalement ravie de ce petit détail.

— Tu es en train de me dire que ton père ne t'a pas offert une voiture pour tes seize ans ? Je suis surpris. Je la crois pourrie gâtée.

— Il ne m'a même pas laissé passer le permis avant mes dix-huit ans, grommelle-t-elle. Père surprotecteur de merde. Qu'on soit clairs, j'adore mes parents, mais il m'a pourri la vie au lycée.

— Si tu le dis. Ça ne sert à rien de discuter. Même si je ne me rappelle pas que sa vie soit « un enfer » quand on était au lycée.

Au lycée, on n'était pas dans les mêmes cercles ; je passais l'essentiel de mes quatre années à l'éviter. Heureusement, on n'avait pas beaucoup de cours ensemble.

Par contre, au collège, c'est une autre histoire. On se disputait sans arrêt. À l'école primaire, pareil. On faisait souvent des allers-retours au bureau du principal, tous les deux tout le temps dans le pétrin.

— Je vais te ramener sur le campus en voiture.

Je marche avec elle lentement vers ma maison, là où ma voiture est garée. Je n'ai pas très envie qu'elle voie où je vis. La semaine prochaine, elle va sans doute recouvrir les arbres de papier toilette juste pour me faire chier.

— T'as pas besoin de faire ça. Le corps de Bristol se tend, mais je continue d'avancer, en ignorant la chaleur de son dos sous mes doigts.

Le soleil tape, m'obligeant à plisser les yeux pendant qu'on marche. — Je te ramène, mais tu dois me promettre de pas te marrer ni te moquer.

— Me moquer de quoi ? Bristol me lance un regard curieux.

J'inspire un grand coup, en espérant ne pas me ridiculiser. Je pourrais demander à emprunter la voiture de Luca, mais il faudra que je m'explique. La ramener dans ma propre caisse est juste plus simple, tout compte fait.

— Ma voiture.

Elle hausse les épaules et revient vers la maison avec moi. Il y en a bien pour vingt minutes, mais elle se raffermit sur ses jambes pendant la plus grande partie du trajet. Le chemin du retour est bordé d'arbres qui coupent le soleil, ce qui rend l'air plus frais de quelques degrés.

Je prends la dernière gorgée de mon café d'une main, l'autre toujours posée dans son dos. J'ai presque peur de la lâcher.

Je ne sais pas trop pourquoi, sans doute parce qu'elle va finir par terre, inconsciente, et je n'ai aucune envie d'avoir à expliquer ça à qui que ce soit.

— Laisse-moi attraper mes clés, vite fait. Je garde la clé de la maison séparée de celles de la voiture. J'entre dans la maison, et Bristol me suit de près, juste derrière moi.

— Papa ! crie Zeke en sautant du canapé pour se jeter sur mes jambes.

Il devient plus fort chaque jour. — Liam, je

corrige. Le môme sait que je ne suis pas son père. Pourquoi il me torture aujourd'hui, j'en ai aucune putain d'idée. — Papa est quelque part dans le coin.

— Salut. Bristol se penche à la hauteur de Zeke avec un sourire. — Moi, c'est Bristol.

— Salut, dit Zeke, les joues qui rosissent. Il enfouit son visage contre mes jambes.

— Depuis quand t'es timide ? je demande en lui frottant le dos et en le soulevant pour le retourner tête en bas.

Je le repose sur le canapé après un autre tour dans les airs et j'attrape mes clés qui pendent près de la porte. — À plus tard, je lance, en me dépêchant de partir avant la salve de questions pour moi et, surtout, pour Bristol.

Harper sort en vitesse de la chambre, le visage rouge. — Désolée, j'étais juste en train de plier du linge !

Mais bien sûr.

Je connais ce look — cheveux en bataille et chemise froissée. Elle et Luca étaient en train d'enlever leurs fringues. Je ne suis pas sûr qu'il y ait eu le moindre pliage.

— Moi, c'est Harper, lance-t-elle en agitant la main pour se présenter.

— Bristol. Salut, ajoute Bristol, debout près de la porte.

Les yeux de Harper s'agrandissent et elle sourit chaleureusement. — Allez-y, entrez. Ne faites pas attention à Zeke. Il regarde juste des dessins animés. Vous pouvez mettre la télé —

— On allait partir, je lâche en attrapant la poignée.

— Ça ne me dérange pas de rester un peu. Le sourire nerveux de Bristol me fait papillonner le cœur.

Non.

Elle ne devrait pas être capable de déclencher autre chose que de la colère chez moi.

— Tu devrais t'en soucier, je lance. — On se déteste.

Harper me lance un drôle de regard mais ne dit rien. Heureusement, elle sait quand elle n'est pas la bienvenue.

— C'est samedi. À moins que t'aies quelque chose de prévu. Bristol me frôle avec aisance et se laisse tomber sur le canapé à côté de Zeke, comme chez elle.

Non mais sérieux, Bristol.

— Enfin, je pourrais avoir un truc de prévu.

— Coucou, toi. Bristol se concentre sur Zeke et m'ignore.

Oui, voilà. Elle n'est pas là pour moi. Elle aime clairement les gosses.

Zeke lui sourit, les joues rouges, et bat des cils.

— T'as quelque chose de prévu ? demande Bristol par-dessus son épaule, l'air de rien. Elle ne daigne même pas me jeter un regard. Elle enlève ses chaussures et pose les pieds sur le canapé.

Je vais sérieusement avoir de la concurrence avec *lui* ?

— Nan. Absolument pas.

— Parfait. Alors je peux rester, un petit moment.

Ce n'est pas à ça que je disais non. Et puis merde.

Luca sort de la chambre, un sourcil levé en voyant une fille inconnue sur le canapé avec Zeke. — Désolé, je faisais le lit. Je ne vous ai pas entendus entrer.

Je lève les yeux au ciel en direction de Luca. — Mettez-vous au moins d'accord sur votre version.

Harper et Luca échangent un regard et se marrent. Les joues de Harper rougissent et elle glousse, attrape la main de Luca et détale de nouveau dans la chambre avant de refermer la porte.

Je te jure qu'on vit avec eux juste pour qu'ils aient une baby-sitter à plein temps.

— Ils sont mignons ensemble, commente Bristol. Elle s'interrompt puis rit. — C'est ton coéquipier, Luca Ricci.

Je prends une inspiration sèche. — Oui. Pourquoi tu demandes ? Si elle a un faible pour lui, il va y avoir un mort.

— C'est un très bon joueur chez les Narwhals. Franchement, votre équipe serait nulle sans lui.

J'enlève mes chaussures en les poussant du pied et je contourne la table basse pour prendre la place libre sur le canapé, Zeke à côté de moi. — Il se débrouille.

— Vous avez perdu le dernier match de votre saison parce que Luca n'a pas joué. Et pas qu'un peu : vous vous êtes fait laminer.

— Me le rappelle pas, je grogne à l'adresse de Bristol. — Comment je pourrais oublier que t'as toujours été aussi chiante ?

Bristol ne prend même pas la peine de me regarder, tandis que moi je la détaille, j'étudie les lignes de son visage, le léger sourire qui tire au coin de ses lèvres. Elle est d'une beauté à couper le souffle, et je n'arrive pas à détourner les yeux. J'attends qu'elle me rentre dedans, qu'elle balance une remarque bien vacharde comme elle le fait toujours.

— Coucou, joli cœur. Elle ébouriffe les cheveux de Zeke, et je suis jaloux de lui à cent pour cent.

Bristol lève ensuite les yeux vers moi. — Tu devrais pas parler comme ça devant le petit. Ils retiennent tout.

Ma mâchoire se décroche. — Ça fait deux minutes que t'es là et tu me dis déjà quoi faire, comment parler, et que je suis nul au hockey. Waouh. Tu ferais peut-être mieux de reprendre ce bus pour Great Falls.

— Peut-être bien, concède Bristol. Elle soupire et jette un coup d'œil à sa montre.

Zeke grimpe sur les genoux de Bristol et pose ses mains sur ses joues. C'est le même geste que j'ai vu Luca faire avec Harper.

Et, bien sûr, Zeke se penche et lui colle un énorme baiser sur les lèvres.

Bristol rit et essuie le baiser du revers de l'avant-bras. — Bon, Zeke, je crois qu'il est temps pour les dessins animés. Elle le fait pivoter et le repose sur le canapé.

J'attrape Zeke et le cale sur mes genoux. — Le consentement, petit. Faut respecter les dames.

— Consentement, répète Zeke, mais je ne suis pas sûr qu'il comprenne ce que ça veut dire. —

Chatouille-moi ! Zeke piaille et se tortille sur mes genoux.

Il n'est jamais à court d'énergie. Je lui chatouille les hanches, le regardant se tortiller et glousser, les bras et les jambes qui fouettent l'air dans tous les sens.

— Encore des chatouilles ! proclame Zeke, sans jamais se lasser de ces fous rires.

Bristol observe en silence. — Tu es vraiment doué avec lui.

— C'est le fils d'un de mes meilleurs potes. On vit tous ensemble. On n'a pas trop le choix, sinon ce serait l'enfer. Je désigne la maison, notre colocation.

— L'enfer, répète Zeke en ricanant, les yeux qui s'illuminent d'excitation. — L'enfer. C'est un nouveau mot qu'il vient de découvrir, grâce à moi.

— Merde. Je jure, en sachant que Harper va me hurler dessus parce que j'apprends encore un gros mot au gamin.

— Merde. Merde. Merde, scande Zeke, et je renverse la tête en arrière, ferme les yeux et laisse échapper un grognement.

Quand je rouvre les yeux, Bristol affiche un grand sourire.

— Ne dis pas ça. Je lance un regard noir à Zeke. — Ce sont des gros mots.

Zeke glousse. — Tonton Liam est dans le pétrin. Ses mots se bousculent un peu et il articule mal, mais j'ai appris à bien le comprendre.

Bristol fronce le nez et lève un doigt pour indiquer à Zeke de se taire. — Ce ne sont pas de jolis mots, explique-t-elle. Sa voix est posée ; aucune trace de colère ni de méchanceté. — On ne dit pas ces choses-là parce que ça blesse les gens. Tu comprends ?

Zeke la fixe et hoche la tête.

Je n'ai aucune idée de s'il a vraiment capté tout ce qu'elle vient de dire, mais il se laisse retomber sur mes genoux et reporte son attention sur les dessins animés.

Je suis sûr que sa capacité d'attention va voler en éclats d'ici moins de cinq minutes.

— Tu es vraiment douée avec lui, j'admets, surpris qu'elle ne soit pas un monstre en permanence, comme elle l'était avec moi en grandissant.

— Je pourrais en dire autant de toi. Bristol me détaille du regard, et je surprends sur son visage un sourire que je ne lui connais pas, comme si elle s'apprête à me sauter dessus.

Je me fais des idées, c'est sûr.

Bristol Greyson me déteste.

— Tu veux regarder la fin de ce dessin animé, ou je te ramène ?, dis-je.

— Tu peux me ramener. Je suis prête. Elle se lève et glisse le pouce dans la toute petite poche de sa jupe, et un bout de papier tombe par terre.

Je me penche pour le ramasser. — Tu as fait tomber— J'y jette un œil en arquant un sourcil. — Pourquoi tu as mon adresse sur toi ?

DIX

BRISTOL

Je suis morte. Autant disparaître tout de suite pour m'épargner l'humiliation. J'enfile mes chaussures sans répondre à Liam qui me fixe.

Il tient le bout de papier sur lequel j'ai noté son adresse au boulot.

Je prévoyais de passer à l'improviste et j'espérais qu'il serait content de me voir.

Sauf que je savais qu'il ne le serait pas.

Il n'a absolument aucune raison d'être ravi que je débarque, parce qu'on se déteste.

Détester n'est même pas assez fort pour ce que je ressens pour Liam Moretti.

Au collège, il a raconté à tout le monde que je l'avais laissé aller très loin avec moi. Après ça, un sportif a fourré sa main sous ma jupe pendant le cours suivant.

Je lui ai collé un coup de poing en pleine gorge, à ce connard. Liam a eu l'air surpris. Je ne sais pas s'il a été plus surpris qu'on m'ait tripotée ou que j'aie eu les couilles de le frapper et de le faire taire.

Le lendemain, le sportif est arrivé avec un œil au beurre noir.

La rumeur voulait qu'à l'entraînement de hockey, quelqu'un lui ait envoyé un palet en pleine figure.

J'aime imaginer que quelqu'un l'a fait exprès.

— Le bout de papier avec mon adresse, Bristol. Tu ne t'en tires pas comme ça. Qu'est-ce qui se passe ? Sa voix sonne plus dure, elle monte d'un octave quand il se lève et se plante devant moi, mais c'est plutôt mon visage à la hauteur de son menton.

Il est bien plus grand que moi.

— Je... je voulais te parler.

— D'accord. Il penche la tête et sa bouche s'entrouvre. — Le coup de te montrer au café... Tu me pistais ?

On est samedi. Il a pris l'habitude de passer prendre un café glacé presque tous les samedis, en fin de matinée ou en début d'après-midi.

J'observe ses habitudes via le système informatique au travail. Ariella m'a donné des accès pour l'aider sur quelques projets sur lesquels elle travaille. Une promotion par rapport au simple classement.

Je pousse peut-être un peu trop loin la recherche, je mène mon propre projet en secret.

— Je n'irais pas jusqu'à dire harcèlement. Je force un sourire nerveux et je me dirige vers la porte. Peut-être que je peux filer en douce et ne plus jamais lui parler.

— Tu appelles ça comment ? Il enfile ses chaussures et me suit dehors, moi qui n'aspire qu'à disparaître dans l'oubli.

— C'est la première fois que je viens sur ton campus. C'est on ne peut plus vrai. Je n'ai même jamais visité Evergreen University.

J'ai toujours su que, si j'allais à la fac, ce serait à Great Falls College. Une petite école privée, bien plus élitiste et prestigieuse.

Il claque la porte derrière lui, les clés en main. — Je te ramène. Contrairement à tout à l'heure, où il était prévenant et attentionné, là, il a l'air furieux.

Franchement, c'est le Liam auquel je m'attends.

— Ça va. Je prendrai le bus.

— Non, tu ne prendras pas le bus. Il désigne sa caisse pourrie d'un geste et esquisse un sourire en coin. — Je t'ai dit de pas te moquer.

Mes yeux s'écarquillent. Je ne suis pas sûre qu'elle tienne jusqu'au campus. — Tu n'as vraiment pas besoin de me ramener. Ça fait deux heures, l'aller-retour va être super long pour toi.

J'essaie de lui rendre service, de nous rendre service à tous les deux.

Est-ce qu'on supporte vraiment d'être dans la même voiture ?

Pourquoi je me suis dit que récupérer ses infos et le voir serait une bonne idée ?

Il calque chacun de mes pas, et quand je ne me dirige pas vers sa voiture, il passe un bras autour de ma taille et me guide où il veut.

Son souffle me chatouille l'oreille et un frisson me parcourt l'échine.

J'inspire brusquement, en essayant de ne pas me laisser submerger comme tout à l'heure. Il a ce don avec moi.

— Rappelle-moi pourquoi tu as mon adresse dans la poche de ta jupe.

La caresse de son souffle sur ma peau me met des papillons dans le ventre.

— Je t'espionnais. Je le chuchote, la bouche sèche.

Il me dévisage, comme s'il attendait que j'éclate de rire, mais c'est moi qui me couvre de ridicule.

Mes joues brûlent, et même si le soleil n'aide pas, il doit voir le rouge qui me monte quand il me détaille.

— Monte dans la voiture, Greyson. Il s'éclaircit la gorge, tout en affaire, et je fais un pas vers la porte passager.

— Tu es sûr que ta voiture est... fiable ? J'ai peur qu'en ouvrant la porte et en m'asseyant devant, je voie la chaussée sous mes pieds.

— Je ne te ferais jamais de mal, Bristol. Toi ou qui que ce soit d'autre— Il se hâte de le préciser.

Il attend que je me glisse sur le siège passager, debout dehors, penché à ma portière, l'air sombre. Il est canon, et son t-shirt remonte de quelques centimètres, laissant voir le V entre sa ceinture et son nombril.

Je n'arrive pas à décrocher.

Quand il est satisfait de me voir attachée, il recule et claque la porte.

J'expire brusquement, sans m'être rendue compte que je retenais mon souffle, et je ferme les yeux.

La chaleur dans la voiture est étouffante, et Liam contourne vite la caisse pour s'installer au volant et démarrer.

Il baisse les vitres pour laisser s'échapper la

chaleur, mais c'est toujours étouffant. Ou bien c'est la chaleur entre nous qui est en train de me consumer.

— Ça va ? demande-t-il, tandis que je sens la voiture vibrer et que le moteur fait plus de bruit que prévu. On doit presque crier pour s'entendre par-dessus le vacarme, surtout vitres ouvertes.

— Ça va. J'ouvre les yeux et je le regarde.

Il passe la marche arrière, nous sort de la place et s'engage sur la route principale.

— Tu peux me déposer à la gare routière, il n'est pas trop tard.

— Quel intérêt, alors que je peux te garder en otage pour les deux prochaines heures ?

Je ris de l'absurdité et je le regarde. Sa mâchoire est plus détendue que d'habitude. D'ordinaire, quand je suis là, il est tendu et agacé.

J'ai tendance à lui faire cet effet-là.

— Je devrais peut-être sauter au prochain stop.

Il étouffe un rire en secouant la tête. — T'es quelque chose, toi.

— Tu veux dire, à part le fait que je suis l'ennemie ? Je ne peux pas m'empêcher de sourire en coin.

J'ai toujours détesté Liam Moretti. C'est un

sportif prétentieux et arrogant. Et je le méprisais bien avant qu'il ne commence à jouer au hockey.

Ma haine pour Liam a commencé en première année de primaire, quand il a trouvé drôle de soulever mon pupitre avec ses pieds.

J'étais minuscule, et il ne lui fallait pas grand-chose pour me faire décoller. Quelques gosses derrière riaient. L'un d'eux m'a appelée *floater*.

Il ne m'a peut-être pas collé ce surnom pourri, mais c'est lui qui a lancé les hostilités.

Jamais il ne s'est excusé ni n'a empêché les autres de me harceler.

J'ai essayé d'ignorer Liam. Il n'arrêtait pas de me pousser avec sa gomme et de tirer sur mes couettes pour attirer mon attention.

Je suis allée voir la maîtresse, qui n'a rien fait.

Et quand je refusais de lui accorder la moindre attention, il a de nouveau soulevé ma chaise. Alors je me suis levée et je lui ai mis mon poing.

Je lui ai laissé une marque.

Après ça, on est devenus des ennemis jurés.

Liam hoche la tête. — Je me rappelle ton direct du droit, bien envoyé.

— Tu l'avais mérité. Je le fusille du regard.

Il ne me répond pas.

Le silence est écrasant.

— Tu l'as encore en travers que je t'aie botté le cul ?

Liam laisse échapper un rire. — Seulement parce que je ne frapperais jamais une fille.

On arrive sur le campus, et je m'attends à ce que Liam me dépose et s'en aille.

Je me trompe complètement.

Quand il se gare et sort, je lance : — Qu'est-ce que tu fais ?

— Tant que j'y suis, autant passer voir ma sœur.

Liam est jumeau. Comment je le sais ? Parce que sa sœur jumelle, Sophia, et moi, on est devenues inséparables pendant quelques années, de l'école primaire au collège.

Au lycée, nos cercles se sont séparés. Elle avait ses amies ; j'avais les miennes.

Il reste un peu de ressentiment entre Sophia et moi. Surtout, je ne lui fais plus confiance.

Elle a tué notre amitié.

En seconde, elle savait que j'avais un énorme béguin pour Zander Hart. La semaine suivante, j'ai appris qu'il était au courant et qu'il se foutait de moi. Le surnom du passé est revenu me hanter. Quel connard. Autant dire que je ne lui ai plus jamais adressé la parole.

Je n'ai jamais raconté à Liam ce qui s'est passé. Ce n'est pas comme si on avait été proches, lui et moi. Je l'ai laissé croire que Sophia et moi nous étions juste éloignées. À moins qu'elle ne lui ait tout dit ?

— Comment tu sais que ta sœur n'est pas déjà prise ?

Il se tapote la tempe. — Appelle ça l'intuition gémellaire.

Je lève les yeux au ciel et je me dirige vers les dortoirs.

Liam est juste à côté de moi, collé comme du Velcro. — Tu devrais peut-être l'appeler ou lui envoyer un message pour être sûre qu'elle est là.

— Les surprises, c'est bien plus drôle. Liam s'avance tout contre moi, sa main vient se poser au creux de mes reins, et je me penche dans sa caresse.

Je ne devrais pas.

Je devrais le détester.

Enfin, je le déteste, oui, mais il réveille en moi des émotions bizarres.

Je mets tout ça sur le compte de ce fichu baiser qu'on a échangé.

Brûlant.

Passionné.

Ce baiser a fait vibrer tout mon intérieur, et tout mon corps a réagi, mon cœur compris.

Il a intérêt à ne pas prévoir de me raccompagner jusqu'à ma chambre et de m'embrasser encore.

— Les surprises, ce n'est pas mieux. Je ne peux pas m'empêcher de repenser à sa visite surprise dans ma chambre, et j'avoue que ça me prend de court.

Mais il avait l'air vraiment surpris que ce soit moi qui ouvre la porte.

Liam n'est pas un si bon acteur.

Il berne ses parents et les miens, il y arrive quand Sophia et moi allons patiner. On le force à venir avec nous, et il fait semblant d'aimer passer du temps avec nous.

Pendant ce temps-là, dès qu'ils ne sont pas là pour écouter, il me menace de me réduire en bouillie. Il a même fourré du gros sel dans mes patins.

— Viens avec moi. Je te prouve qu'elle va adorer qu'on débarque tous les deux.

— Tu vas me le prouver ? Tu veux parier ? Je plaisante, mais son regard dit le contraire.

Il sourit et s'arrête, m'attirant par la hanche pour me rapprocher de lui.

J'inspire un souffle anxieux quand ses deux mains touchent ma peau nue.

Le contact de Liam Moretti ne m'excite pas.

Sauf qu'un seul contact, et c'est l'étincelle qui allume l'incendie.

Je pince les lèvres, en essayant d'empêcher les braises de s'embraser. — Quoi, Liam ?

Ses habituels yeux bleu pâle se foncent, profonds comme l'océan. Il me fixe, le sourire scotché aux lèvres. — Si j'ai raison, tu viens à un rencard avec moi.

Mon souffle se coupe, j'oublie de respirer une seconde.

Ses doigts caressent ma hanche, mon cœur s'emballe, et j'expire enfin.

— Un rencard avec toi ? je répète. C'est insensé.
— Fais-moi confiance, toi et moi, on se tuerait. Il n'est pas sérieux.

Liam pouffe de rire. — Oh, je sais, et c'est justement ce qui rendra ça mille fois plus fun.

— Putain, non.

— Allez. C'est quoi ta mise ? Qu'est-ce que je fais si tu gagnes ? demande Liam, et la pulpe de ses doigts, qui glisse sous l'ourlet de mon tee-shirt, me brouille la tête.

— Tu fais ma lessive pendant un mois.

Il arque un sourcil. — Tu vas m'obliger à faire toute la route jusqu'ici pour faire ta lessive ?

— Ouais ! Le sourire ne quitte pas mes lèvres. — Chaque semaine. Je serai généreuse et je te laisse choisir le jour.

C'est évident : il détesterait être traîné ici chaque semaine.

— Évidemment, toi, tu veux dominer. Le SM, ça te tente, Greyson ?

— Même pas en rêve. Je lève les yeux au ciel et je me détache à regret de son contact. Un froid soudain me parcourt, alors que l'air est chaud, brûlant même, et pourtant j'ai la chair de glace.

Liam gémit. — Allez, avoue. L'idée que je sois ton esclave te plaît.

— C'est tellement... tordu. Je secoue la tête. — Je ne te demande rien de sexuel. Juste ma lessive ! Et ce n'est pas drôle, Liam.

Il ricane et me lance ce sourire de gamin qui me fait papillonner le cœur. — Et ton animal de compagnie ?

— Beurk, non. Je blêmis à l'idée de lui mettre un collier ou de le faire boire dans une gamelle par terre. C'est bizarre et clairement pas mon truc.

Mes yeux s'écarquillent, et j'attrape son bras. — Attends. Le jeu de rôle animalier, c'est ton truc ?

Liam se plie en deux de rire, essuyant les larmes au coin de ses yeux. — Non, chérie. C'est pas ma came.

Je souffle, soulagée, sans même savoir pourquoi ça me regarde. — Et toi, c'est quoi, ta came ? Je ne devrais pas demander, mais la question m'échappe.

Il se penche, son souffle me chatouille l'oreille. — Si tu veux vraiment savoir, t'as qu'à accepter ce rencard d'ennemis.

Au moins, il admet qu'il me déteste. — Dans tes rêves, connard.

Je me dépêche vers la chambre de Sophia, qui se trouve dans le bâtiment en face du mien. On est en première année, et on a reçu nos affectations et nos chambres au hasard.

J'ai de la chance : ma coloc part après la première semaine de cours. Regarder *Le Silence des agneaux* et *Hannibal* en boucle y est peut-être pour quelque chose. La fac ne me réassigne personne, et maintenant qu'on est en été, j'ai pratiquement tout l'étage pour moi.

Je ne vais pas m'en plaindre.

Je m'épanouis dans le silence.

J'aime le calme.

C'est paisible. Tranquille. Il n'y a pas de musique insupportable qui déborde de la chambre d'à côté ni l'odeur d'herbe qui empeste le couloir.

— Alors, on a un deal ? demande Liam pendant que j'ouvre la porte et que j'entre dans son bâtiment.

— Pour le pari ? J'entre la première, laissant Liam rattraper la porte derrière moi. Je ne la lui tiens pas. Je refuse qu'il se dise qu'il y a le moindre geste romantique de ma part, parce que ce n'est pas le cas.

— Pour quoi d'autre, chérie ?

Et ça recommence, ce surnom qui me colle à la peau.

— Je ne suis pas ta chérie. Je le fusille du regard tandis qu'on entre ensemble dans l'ascenseur.

Il souffle dans sa barbe. — Pas encore.

Mes yeux s'écarquillent quand je me tourne vers lui dans l'ascenseur.

— Sixième. Liam me fait signe d'appuyer sur l'étage de Sophia.

J'appuie sur six et je le fusille du regard. — Qu'est-ce que tu entends par *pas encore* ? La chaleur lèche ma peau, me submerge de la tête aux pieds. Je sens mon cœur s'emballer, comme s'il voulait sortir de ma poitrine. C'est étourdissant.

Pourquoi Liam Moretti me fait-il cet effet-là ?

Un sourire en coin étire sa bouche. — Pour rien.

Je le fusille du regard et je le repousse plus loin.

— Garde tes distances. C'est un avertissement. Je n'ai pas besoin qu'il tente quoi que ce soit, comme m'embrasser.

Pas que ce baiser ne soit pas dingue.

Mais je n'ai pas besoin que mon cœur s'emmêle avec lui.

Ce n'est clairement pas le héros.

Pas dans mon histoire.

Ni dans celle de qui que ce soit.

Liam Moretti, c'est le méchant.

Comment je le sais ?

Parce que j'ai grandi à ses côtés à l'école, et personne ne passe du rôle de méchant à celui de héros.

Pas dans la vraie vie.

Seulement dans les livres ou les films.

Mais ce n'est pas un conte de fées, et il n'est pas mon prince charmant. Il n'y a pas de transformation magique en attente ici, pas de grand geste qui va réécrire tout ce qui a précédé.

Liam Moretti reste exactement celui qu'il a toujours été — un antagoniste dans ma vie, pas un héros, et certainement pas celui qui débarque pour sauver la mise.

Liam lève les mains en signe de reddition. — Je

n'ai rien fait. Il a ce sourire, cette moue narquoise qui me retourne l'estomac. — Chérie.

Putain, ce type cherche à me tuer.

Chaque inspiration devient plus marquée, comme si je halète avec une réserve d'oxygène limitée. Sauf que je n'ai jamais été claustrophobe, mais la montée en ascenseur me fait tourner la tête, et je me plaque contre la paroi, j'attrape la barre, je m'y accroche pour rester debout.

La cabine tourne, mais je refuse de m'y soumettre ou d'admettre que je suis franchement mal à l'aise. Ce n'est pas à cause de Liam à proprement parler. Il ne me touche même pas dans cet espace confiné.

Il m'observe, et ça ne fait qu'accentuer mon malaise.

J'essuie mon front du revers de la main, la sueur qui perle sur ma peau, et l'ascenseur gagne d'un coup dix degrés. Mon estomac se tord sans autre raison que mon inconfort.

C'est clairement moi.

Je suis la seule à sentir cette chaleur. Liam, lui, reste calme et frais.

Une raison de plus de le détester.

Je traîne des pieds, les jambes un peu en gelée, la

rampe dans mon dos comme seul réconfort alors que ma vue se voile.

ONZE

LIAM

Même si la montée en ascenseur jusqu'à la chambre de Sophia est un peu tendue, rien que regarder Bristol m'amuse.

Jusqu'à ce que ça ne le soit plus.

Elle sue à grosses gouttes.

J'imagine que c'est parce qu'elle pense à moi d'une façon charnelle, qu'elle fantasme sur nous deux.

Moi aussi, j'ai ma dose de fantasmes sur Bristol, mais d'habitude ça se termine vite quand elle me poursuit avec une dague, une hache, n'importe quelle arme en fait, en bikini... ou carrément nue.

Mais quand je vois ses yeux se révulser, je

traverse le petit espace d'un bond et je la rattrape avant qu'elle ne s'écrase par terre.

Elle s'évanouit.

— Bristol. Je sens sa respiration pendant que je la prends dans mes bras.

L'ascenseur sonne et nous arrivons au sixième. Je sors, Bristol dans les bras, et je file jusqu'à la chambre de ma sœur.

Il vaut mieux que Sophia soit là.

Ça va faire une sacrée surprise, et pas du genre agréable.

Les yeux de Bristol s'ouvrent, lourds, et elle halète comme si elle venait de faire un triathlon. — Qu'est-ce—

— Tu t'es évanouie dans l'ascenseur. Je me dépêche vers la porte de Sophia.

Si elle n'est pas là, je vais devoir la porter à travers le campus jusqu'à son dortoir.

Elle va vraiment me détester, encore plus qu'elle ne le fait déjà.

— Pose-moi, dit Bristol, mais sa voix n'a pas sa fermeté habituelle.

J'ignore Bristol et je frappe à la porte du pied gauche pour attirer l'attention de ma sœur si elle est là. — Sophia. Ouvre ! Mon cri couvre mon coup de pied.

Ça bouge derrière. La porte de la chambre s'ouvre et ses yeux s'écarquillent.

— Bristol s'est évanouie dans l'ascenseur. Je dépasse Sophia, j'entre et je dépose Bristol sur le lit sans demander la permission de ma sœur. Je sais qu'elle comprend.

— On appelle une ambulance ? Sophia passe de moi à Bristol du regard.

— Ça va. Vraiment, y a pas de raison d'en faire tout un plat. Elle force un sourire, mais son corps tremble pendant qu'elle ramène les genoux vers sa poitrine, les plie et reste allongée à plat sur le dos.

— Ce n'est pas une exagération. Je m'inquiète vraiment pour elle. Je n'aurais jamais cru voir le jour où je me soucierais de ce qui arrive à Bristol Greyson.

Quand nous avions six ans, elle m'a humilié, et ça m'a suffi pour la détester. J'avais flirté avec elle et elle m'a fichu un coup de poing en plein visage !

Je n'étais peut-être pas un grand dragueur en CP ; j'essayais juste d'attirer son attention.

Qu'elle me remarque.

Oh, elle m'a remarqué, oui.

Elle a déblatéré des absurdités et m'a dit que j'étais grassouillet.

J'étais un peu enrobé à six ans. Ce n'est qu'à la

puberté que j'ai pris des centimètres et que je me suis épaissi, mais elle n'avait pas besoin de souligner mes défauts.

Et quand je l'ai traitée de méchante, elle m'a frappé.

Autant dire que tout le monde s'est moqué de moi parce que je m'étais « fait frapper par une fille » et, oui, honteusement, j'ai pleuré.

J'ai tout fait pour ne pas pleurer, mais elle a été brutale et j'étais jeune, incapable de contrôler mes émotions.

Mon père n'a pas apprécié que je me fasse frapper par une fille. J'ai gardé pour moi le fait que j'aie pleuré. L'institutrice n'a vu que des bribes, et ce qui a été rapporté n'était que la moitié de l'histoire. Je n'ai jamais pris la peine de raconter ma version.

Mon père n'aurait pas approuvé, ni été content, que je pleure devant les autres gosses.

C'était déjà bien assez d'être humilié et moqué par les autres garçons de ma classe. Je n'avais pas besoin de revivre ça devant le principal, ou pire, quand nos parents sont venus à une réunion, ou encore quand on nous a forcés à dîner chez les Greyson.

Bristol Greyson était une peste.

Après ça, je me suis juré de ne plus jamais développer de sentiments pour elle.

Mais ce que je ressens là, ce n'est pas ça : je m'inquiète parce qu'elle s'est évanouie dans l'ascenseur.

Ce n'est pas normal.

Bien sûr, Bristol n'est pas exactement une fille normale, mais moi non plus je ne suis pas un connard. On ne m'a pas élevé à tourner les talons devant les problèmes non plus.

Je peux remercier ma mère pour ça, elle a toujours été une dure à cuire. Ce n'est pas que mon père ne le soit pas : il dirige la mafia italienne à New York. Mais j'ai toujours été plus proche de ma mère. Sans doute parce que c'est elle qui m'a élevé.

Je n'ai même pas rencontré mon père avant la maternelle.

— Je m'évanouis tout le temps. C'est juste... la chaleur. Elle balaie l'air de la main, et je ne peux pas ne pas voir ses petits tremblements alors qu'elle inspire et expire très fort.

Sophia attrape une chaise et la tire à côté de moi.
— Assieds-toi.

Je m'assois au bord du lit et je saisis la main de Bristol. — Qu'est-ce que tu veux dire, tu t'évanouis tout le temps ?

Je n'ai même pas encore commencé la fac de médecine. Je sais que je veux devenir médecin, mais pour l'aider, je suis largué.

— Ce n'est rien. Vraiment. S'il te plaît, ne me regarde pas comme si j'étais en train de mourir, j'ai pas cette chance-là. Elle force un sourire, mais je ne le lui rends pas.

— Je m'inquiète pour toi. Je jette un coup d'œil à Sophia, qui nous observe debout. Elle se tait, assez futée pour ne pas intervenir.

— Ne t'inquiète pas. Tu ne l'as jamais fait avant aujourd'hui. Bristol me fusille du regard comme si j'étais la cause de ce qui vient d'arriver, alors que je l'ai empêchée de s'écraser au sol.

Elle n'a pas tort, mais on s'est tous les deux comportés comme des idiots, par le passé.

Je ne sais même pas pourquoi je lui ai proposé de la raccompagner.

Ce n'est pas vrai.

Ce baiser qu'elle m'a volé il y a quelques mois, je n'arrête pas d'y penser.

Ses lèvres.

Le goût de sa bouche sur la mienne.

La caresse de son souffle contre ma joue.

La sensation de sa langue quand elle a glissé dans ma bouche.

Rien que d'y penser, tout mon corps s'électrise.

Mon corps a réagi d'une façon que je n'avais jamais ressentie, pour ce qui n'aurait dû être qu'un simple baiser.

C'était avant qu'elle ne l'approfondisse. Ou peut-être que c'est moi qui l'ai attirée plus près.

Je sens encore son parfum.

Même si, maintenant, je n'ai pas besoin d'imaginer son parfum parfait : je suis juste à côté d'elle. Il suffit que je me retienne d'en prendre une grande bouffée, sinon je vais avoir l'air dingue.

Je ne suis pas obsédé par l'ennemie, Bristol Greyson.

Même moi, je ne crois pas à ce mantra silencieux qui me démange le crâne.

— Arrête de me fixer, Moretti, ça va.

Je ne peux pas lui reprocher d'utiliser mon nom de famille, vu que je l'appelle Greyson.

Je déteste sentir cette étincelle entre nous. Avec n'importe qui d'autre, je serais excité, ravi même, mais avec Bristol, j'attends juste qu'elle m'arrache le cœur et qu'elle l'écrase du talon.

— Tu as vu un médecin pour ces évanouissements ?

Ses yeux se plissent. — Ça ne te regarde pas. Elle est de nouveau furieuse. Rien de surprenant, vu qui m'en veut.

Je me suis habitué à sa haine. Ce n'est pas comme si je la voyais souvent, de toute façon. C'est d'ailleurs une des raisons pour lesquelles je n'ai pas choisi d'aller à Great Falls University. J'avais entendu que Bristol Greyson y allait ; j'ai opté pour un endroit bien loin d'elle.

Je n'avouerais jamais ce petit détail à qui que ce soit. Même ma jumelle ne sait pas pourquoi j'ai choisi Evergreen University.

En plus, la bourse était un vrai plus. Mon père était, chose étonnante, ravi que je choisisse EU, ce que j'ai trouvé un peu bizarre.

Ma mère s'est toujours plus investie dans le hockey, au moins en venant à mes matchs au lycée. Je ne me souviens pas que mon père soit jamais venu à un de mes matchs de lycée, mais il est toujours pris par le travail.

Ça ne m'a jamais vraiment dérangé.

Le hockey, pour moi, c'était pour le plaisir.

Et décrocher une bourse complète et la garantie d'une place dans l'équipe avec Ashton et Luca, ça a scellé l'affaire pour moi.

Je les avais déjà rencontrés quand on était bien plus jeunes, mais c'est surtout d'avoir vu Luca jouer contre les Predators l'année précédente, quand on a visité le campus.

Je voulais être dans son équipe.

C'est un centre fantastique.

Je joue à l'aile droite.

On fait une combinaison de dingue, et je ne suis pas si loin de ma sœur jumelle. Partir dans un autre État allait être un énorme changement pour Sophia. Je me sentais un peu mal de ne pas aller à Great Falls avec elle, mais en sachant qu'on n'est qu'à quelques heures l'un de l'autre, c'est parfait.

Sophia s'approche et détaille Bristol du regard.

— Je peux te prendre quelque chose ? De l'eau ? Un jus ?

— T'as quelque chose de salé ? Et de l'eau, ce serait bien.

Sophia attrape une bouteille d'eau dans son mini-frigo. — On a des chips et des bretzels.

Bristol attrape son petit sac en bandoulière et sort un sachet d'électrolytes. — Tu peux me le verser dedans ?

Je prends le sachet dans sa main tremblante, j'ouvre la bouteille d'eau, je déchire le sachet et je le verse dedans.

Je revisse le bouchon, je secoue la bouteille, je laisse la boisson se mélanger à fond.

— Les chips devraient être plus salées.

Sophia tend à Bristol un petit paquet individuel de chips.

Bristol ouvre le paquet et en sort un minuscule sachet de sel qu'elle a probablement piqué dans un resto, puis elle le déchire au-dessus des chips.

J'écarquille les yeux devant la quantité de sel qu'elle ingère.

— Tu es sûre de ne pas inonder ton organisme de tellement de sel que tu t'évanouis ?

Bristol me fusille du regard et grogne : — J'ai la tension basse.

— Oh. Eh ben, putain. Je me sens con. Je suis mal barré quand je commencerai mes cours de médecine.

Mon silence l'incite à en dire plus, et ça me surprend.

— Je suis comme ça depuis mes treize ans. Je ne me souviens pas que Bristol se soit évanouie au lycée, mais on n'avait que quelques cours ensemble à l'époque.

— Mignonne. Têtue. À faire des tas de bêtises ? dis-je pour alléger l'atmosphère.

Elle fronce les sourcils. — Tu me trouves mignonne ? Elle se redresse, et je suis là, je cale des coussins derrière elle au cas où elle retombe.

Je ne dis rien.

Elle s'assoit et dévisse le bouchon de la bouteille. Il lui faut ses deux mains pour tenir la boisson aux électrolytes ; ses mains tremblent de façon incontrôlable, elle renverse la tête et prend une gorgée.

J'ai envie de l'aider, mais je risque de me faire engueuler et hurler dessus.

Je ne suis plus ce gamin de six ans.

Si elle me cherche, je lui rends la pareille.

Je l'aide à stabiliser la bouteille, et elle reprend une autre longue gorgée.

— Tu n'es pas obligé—

— J'en ai envie, dis-je en la coupant. Alors, tu t'évanouis souvent ?

Elle prend une autre gorgée puis me tend la bouteille. — Tu peux remettre le bouchon ?

Je prends le bouchon et la bouteille et je les revisse pour elle. Elle se rallonge et ferme les yeux un instant.

— Je suis désolée, Sophia, je ne voulais pas te gâcher ton samedi. Les yeux de Bristol papillonnent, et elle me fixe. Un regard étrange, inédit, traverse ses traits. Ce n'est rien que je reconnaisse ou que j'aie déjà vu.

J'essaie de ne pas la laisser, sans le vouloir, me monter à la tête.

— Ne t'excuse pas. Sophia vient s'asseoir au bord du lit inoccupé contre le mur d'en face. — C'est agréable d'avoir de la compagnie qui ne lit pas toute la journée en me disant de me taire. J'aime bien un bon livre aussi, mais j'ai aussi besoin de voir du monde.

Sophia partage sa chambre, même l'été, ce qui est inhabituel.

La plupart des étudiants rentrent chez eux pendant l'été, mais Sophia et moi, on n'a aucune envie de retourner chez Antonio. Pas qu'on ne l'aime pas — c'est notre père — mais il y a trop d'affaires à la maison. Pas assez de... plaisir.

Et moi, je préfère les fêtes et les filles.

La coloc de Sophia a des livres empilés contre le mur, et elle a même fixé une étagère murale flottante où s'alignent encore plusieurs romans.

La différence entre les deux côtés est frappante. Le côté de Sophia est truffé de dragons et de fées.

Ma sœur adore le fantastique. Surtout la romance fantastique.

En ce moment, Sophia est à fond sur les dragons. Il y a deux ans, c'était tout le peuple des fées. Les posters exposés pendent de son côté de la chambre, avec des dragons bleus, dorés, noirs, toute une palette de couleurs dont je n'imagine même pas l'existence.

J'ai toujours imaginé les dragons gris, sombres, plus proches des dinosaures, avec des ailes et qui crachent du feu.

Heureusement, je ne risque pas de croiser de dragons, à moins de compter Bristol Greyson, la cracheuse de feu, comme un dragon. Cette fille peut incendier une pièce d'un simple regard.

Mais là, elle est tout sauf la fille incendiaire que j'ai l'habitude d'affronter et de détester.

Elle est vulnérable, et je n'ai pas l'habitude de la voir comme ça ni de traîner près d'elle.

Ça me perturbe un peu.

— Tu n'es pas obligé de rester à veiller sur moi. Ça va. Je retourne dans ma chambre dans une minute. Bristol se redresse et tend la main vers la bouteille d'eau que je tiens.

Je lui dévisse le bouchon, et elle la prend à deux mains, elle réussit un peu plus facilement à boire une gorgée maintenant que la boisson n'est plus pleine.

Elle reprend une gorgée puis me jette un coup d'œil. — Sérieusement, tu peux y aller.

Je ricane et je regarde ma sœur. — On a réussi à te surprendre ?

Sophia hoche la tête. — Oui, mais la pire surprise qui soit ! Je suis contente que Bristol aille bien, mais te voir la porter jusqu'à ma porte, je ne pensais pas voir ça — jamais.

— Donc, t'es pas contente de nous voir ? Je dois retourner la situation vite fait, sinon je perds mon pari avec Bristol.

— Bien sûr que si, je suis contente de vous voir ! J'adore quand mon frère vient me rendre visite. Sophia se lève et s'étire. — Tu es sûre que je ne peux rien faire d'autre pour toi ? Tu veux que j'appelle ton père ?

Les yeux de Bristol s'écarquillent d'horreur. — Non !

Son éclat me cloue une seconde. La stupeur me traverse les veines ; je m'attends à ce qu'elle brandisse son père dès qu'elle en a envie. C'est un milliardaire et le propriétaire de l'équipe de NHL, les Ice Dragons.

C'était la carte qu'elle jouait toujours au lycée quand quelque chose n'allait pas dans son sens.

Gosse de riche pourrie gâtée.

— D'accord. Et tu n'as pas besoin d'un médecin ? Je m'inquiète juste à l'idée que tu retournes seule dans ta chambre. Tu peux rester avec moi. Sophia désigne la pièce. — Je ne fais pas grand-chose. Je pensais mettre un film.

— Un film, ça me va. Bristol attrape quelques chips couvertes d'une ration supplémentaire de sel et les grignote.

Elle n'est plus moite ni couverte de sueur. La couleur normale revient à ses joues. Sans les tremblements, je ne verrais même pas qu'il y a un problème.

Je culpabilise de partir, mais il y a un peu plus de deux heures de route pour rentrer.

— Vous allez regarder quoi ?

Le film qu'elles choisissent peut très bien faire pencher la balance pour moi.

— *You've Got Mail*, dit Sophia. Elle attrape le disque dans sa collection et le met dans le lecteur Blu-ray.

— C'est un vieux. Je l'ai vu une fois, il y a des années. C'est une romance, pas exactement ce que je choisirais de regarder.

— Je ne l'ai jamais vu. Bristol se rallonge sur le lit et ajuste les oreillers pour être plus à l'aise.

— Tu ne l'as jamais vu ? Les yeux de Sophia s'arrondissent. — Oh là là ! Il a le thème ennemis à amants. C'est un de mes préférés. Tu veux que je fasse du pop-corn au micro-ondes ?

— Oui ! Les yeux de Bristol s'illuminent. — Ce serait parfait.

— Je vais filer. Je resterais si c'était un film qui m'intéresse. Un film de filles, c'est clairement pas mon truc.

— T'es sûr ? Je peux te faire de la place sur le lit. Bristol se décale sur le matelas, quasiment contre le mur, me laissant la moitié du lit pour m'allonger avec elle. — Viens te mettre avec moi.

DOUZE

ASHTON

Plus tôt ce matin...

La lumière du matin filtre à peine, mais Nova est réveillée. Ses doigts glissent sur ma peau, me font battre le cœur et réveillent ma queue.

— Salut, murmure-t-elle, sa bouche tout contre mon oreille, et son souffle déclenche sur mon corps des vagues de frissons. Je la hisse au-dessus de moi, adorant la sensation de son corps niché contre le mien.

— Tu es debout de bonne heure. J'étouffe un bâillement. — Pourquoi on est levés si tôt ? dis-je. Il n'y a pas d'entraînement matinal. J'irai à la salle plus tard dans l'après-midi avec les gars.

Elle s'assoit à califourchon sur ma taille, ses

doigts dansent sur mon torse, mais ses yeux restent fixés sur ma peau.

Je lui relève le menton, curieux de savoir ce qui la chiffonne.

Je connais Nova assez bien pour voir que si elle se lève à cette heure, c'est qu'elle n'a pas bien dormi. Quelque chose la tracasse.

— Je m'inquiète pour Harper.

Harper.

Ce n'est pas vraiment ce à quoi je m'attends, pas quand ça vient de ses lèvres.

Nova se dégage de moi et s'allonge à côté de moi, ses doigts sur mon bras. — Elle m'a parlé du type louche au supermarché.

Je souffle par le nez.

On a fait jurer à Liam de ne rien dire à Nova, mais personne ne peut empêcher Harper de parler.

— C'est Dante, non ? demande Nova.

Est-ce que je mens à Nova ? Lui dire que c'est Dante, pour la protéger, elle et Harper, d'une vérité plus dure ?

— Tu sais que je ne peux pas parler du boulot. Je serre Nova contre moi, mes bras l'enserrent, et elle me passe une jambe par-dessus.

— Parfois, je déteste que tu bosses pour lui.

— Dante ? je suppose.

Nova hoche la tête.

Ce n'est pas une conversation qu'on a déjà eue.

— Je ne savais pas, dis-je, sans trop savoir quoi en penser. Ce n'est pas une surprise pour elle, je bosse pour Dante depuis des mois, bien avant la première fois où on a couché ensemble.

— C'est juste que... j'aimerais qu'on soit autre chose que le reflet de nos parents. Nova soupire et se redresse dans le lit, tirant la couette autour d'elle.

Elle est nue, et même si je préférerais la voir tout entière, je me contente de quelques aperçus.

Je l'imite, je me redresse avec elle, j'attrape un oreiller que j'appuie contre le mur. — On n'est pas nos parents. Et même si on l'était, Moreno et Paige sont-ils si terribles ? je demande, curieux de ce qu'elle pense de sa famille.

Contrairement à Luca, qui méprise Dante, je ne sens pas chez Nova la même aversion quand il s'agit de ses parents.

— Maman est merveilleuse. Mon père, en revanche, il peut être un sacré con. Nova ne mâche pas ses mots et ramène les genoux contre sa poitrine. — Je sais que j'ai de la chance. J'ai tout ce que n'importe qui pourrait vouloir — une maison, des vêtements, de la nourriture, mes frais de scolarité payés — mais c'est de l'argent taché de sang.

— De l'argent taché de sang ? je souris. — Dante n'est pas le pire monstre qui existe. C'est juste un homme.

— Un homme qui tue des gens pour gagner sa vie. Nova connaît très bien la chaîne de commandement ; il a beau être le patron de la mafia, il ne se salit généralement pas les mains.

Elle enroule ses bras autour de ses jambes, le menton posé sur ses genoux.

— J'aimerais juste qu'on puisse s'éloigner de tout ça. Elle tourne la tête et me fixe. — Je m'inquiète pour Harper et Zeke. Qui que soit cet homme, des menaces comme ça ne disparaissent pas toutes seules, sauf si c'est juste pour faire peur. Dante ne se contente pas de faire peur aux gens.

Je pince les lèvres, et son regard se durcit.

— Qu'est-ce qu'il y a ? demande Nova en tendant la main vers la mienne. — Tu me caches quelque chose. Je le vois à ta tête.

Je déteste avec quelle facilité elle lit en moi.

— Ce n'est rien.

Elle soupire et se rallonge, s'étirant sous les couvertures, qu'elle remonte autour d'elle. Nova se tourne sur le côté, me tournant le dos.

— Tu m'en veux. Son langage corporel hurle

qu'elle m'en veut, mais c'est son silence qui me dérange le plus.

Nova lâche un long soupir et se retourne vers moi. — J'aimerais que tu me fasses assez confiance pour me dire la vérité. Si Harper est en danger, je veux aider.

— Je ne veux pas que tu te blesses. Je la serre contre moi, j'ai besoin de la toucher, de la caresser, de lui prouver qu'elle compte pour moi, plus que tout.

— Je sais me débrouiller. J'ai un Taser et du spray au poivre sur moi, et je sais utiliser une arme.

Je fais rouler Nova sur le dos, j'écarte ses jambes avec mon genou, et elle mord sa lèvre inférieure en me souriant.

— Tu ne vas pas te servir du sexe pour esquiver la conversation.

— Alors, parlons. Je souffle contre son cou. Je parsème sa peau de baisers légers comme des plumes.

Sa respiration devient plus lourde, plus marquée, pendant que je trace un chemin sur ses seins.

— Je suis content que tu saches te protéger. Je passe ma langue sur son téton, et son corps se cambre sous ma caresse.

— Ashton, gémit-elle, et ses doigts s'emmêlent dans mes cheveux.

J'adore quand elle me touche. Ses doigts m'envoient des décharges dans tout le corps. — Je veux juste te protéger. Mes baisers glissent le long de son ventre, et je sens sa brusque inspiration.

— Sois honnête avec moi. Nova lutte pour garder les yeux ouverts.

— Toujours. J'aimerais que ce soit aussi simple. Je ne lui mens pas, je lui épargne juste des secrets dangereux.

Je la protège.

Je protège la famille.

Je descends plus bas sur son corps et je la taquine de mon souffle entre ses cuisses.

— Ashton, sa voix sort désespérée, et un sourire m'étire les lèvres. J'adore ce son-là, l'entendre à la fois en manque et impatiente de moi.

Je lui vide la tête quand je passe ma langue sur sa chatte, et elle gémit et se met à trembler, ses doigts s'emmêlent dans les draps.

J'adore les sons qu'elle fait, les supplications et les gémissements qui lui échappent.

Elle n'est jamais silencieuse, en tout cas elle ne l'est plus.

Ses gémissements me rendent la queue dure

comme la pierre, et j'ai une envie féroce de la baiser. Mais pas tout de suite.

Là, c'est son plaisir qui compte.

Je laisse ma langue taquiner ses lèvres intimes, et elle gémit tout bas. Ce son, c'est du pur paradis.

Ma langue joue autour de sa petite perle rose, j'écoute chaque gémissement et je sens son corps trembler à mesure qu'elle se rapproche.

Sa peau rougit, sa respiration s'épaissit, et elle a du mal à garder les yeux ouverts.

Mes doigts glissent en elle, dans sa chatte, et son dos se décolle du matelas.

— Putain, ce que tu as bon goût, je gémis, et j'adore la réaction que ça déclenche.

Ses entrailles se serrent autour de mes doigts pendant que je la taquine et que je la pénètre, l'étirant, jusqu'à trouver ce point parfait et répéter le geste alors que ses yeux se ferment d'un coup.

Oh ouais, elle est putain de près de jouir.

— Putain, Ashton !

La fierté me chauffe le ventre, de savoir que je peux la faire jouir.

Son dos se cambre hors du matelas, et il me faut toute ma volonté pour me contenter de regarder.

Le désir monte en moi, l'envie de la plaquer et de

la baiser me dévore, ma queue pulse, mais je me retiens.

Son corps tremble, et le gémissement qui la traverse est du pur bonheur tandis qu'elle court après l'orgasme.

Je n'arrête pas de sourire, mes doigts et mes lèvres effleurent chaque centimètre de peau pendant que je remonte le long de son corps, la marquant de ma bouche. Je ne me lasse pas d'*elle*.

Elle est à moi.

Je suis à elle.

Le reste du monde n'a aucune importance, tant qu'on est ensemble.

Ses paupières se soulèvent mollement, un sourire lui tire les commissures. — Je vais peut-être réussir à m'endormir.

Son petit marmonnement est doux, mais j'ai d'autres idées si elle en a encore envie.

— T'endormir ? je la taquine en faisant mine de me plaindre. — Allez, c'est mon tour. Je la laisserais dormir si elle en avait besoin, mais j'adore ce petit jeu et ce à quoi il nous mène.

— Tu ne m'as pas laissé finir ma phrase. Je pourrai peut-être m'endormir après deux ou trois tours de plus. Elle sourit et me saute dessus, faisant de moi l'homme le plus heureux du monde.

Mes doigts parcourent son dos, pendant que je regarde Nova dormir à côté de moi.

On a passé ces dernières heures blottis au lit tous les deux, et on ne peut pas dire qu'on ait beaucoup dormi.

J'adore l'été.

Pas d'école. Pas de cours. Juste du plaisir.

Elle remonte la couette au-dessus de sa tête tandis que la lumière de l'après-midi traverse les rideaux.

— Dors, chérie. Je dépose un baiser sur son épaule.

Je me suis assoupi quelques minutes après nos ébats aux aurores, mais j'ai zappé le petit-déj et le déjeuner. On était beaucoup trop occupés l'un par l'autre.

Je meurs de faim.

Nova a le chic pour me cramer toutes mes calories et même plus.

Je me faufile hors du lit, je m'habille et je sors en silence de la chambre de Nova. Au moins, on n'a plus besoin de cacher notre relation. Je suis content que Luca l'ait découvert. Ça pourrait se passer plus en douceur, certes, parce que m'endormir en craignant qu'il me coupe la bite, c'est une vraie angoisse qui se déclenche.

C'est derrière nous.

Lui, en tout cas, il lâche l'affaire.

Je file à la cuisine, je jette un œil dans le frigo pour trouver un truc à grignoter avant le dîner.

Mon ventre gargouille, et le petit Zeke débarque en trottinant, m'enlace les jambes, s'y agrippe de toutes ses forces puis se renverse en arrière.

Ce gosse ferait des merveilles en acro. Je l'ai déjà vu escalader Luca comme un portique.

— Salut, p'tit bonhomme. Je lui ébouriffe les cheveux puis je prends du blanc de dinde dans le frigo. Je me fais un sandwich, et Zeke désigne le blanc de dinde.

— Tunnel de dinde. Zeke pointe de nouveau quand je ne lui tends rien assez vite.

Harper arrive du coin de la cuisine et attrape Zeke, le hissant dans ses bras. — Tu deviens trop grand pour ça.

— Tunnel de dinde, répète-t-il en montrant mon sandwich.

— Je peux lui en donner un ?, je demande, en vérifiant avec Harper.

— Bien sûr.

Je prends une tranche de dinde et je la roule,

offrant à Zeke un tunnel de dinde. Il me l'arrache des mains et croque dedans avec un grand sourire. Ce gamin adore le pain si c'est un petit pain ou du pain grillé, mais mets de la viande dans son sandwich et on dirait qu'on est en train de l'égorger.

J'observe adossé au plan de travail, je mords dans mon sandwich, et mon estomac proteste, comme si je ne le nourrissais pas assez vite.

— Elle est où, Nova ? Harper repose Zeke dès qu'il commence à se tortiller dans ses bras.

Autant il aime être porté, autant il préfère avoir libre cours dans la maison.

— Elle fait une sieste.

Zeke déguerpit de la cuisine, il cavale comme un petit furieux. Ce gosse déborde d'énergie. — Je vais l'emmener marcher et retrouver Kensley au parc. On se voit plus tard.

J'écarquille les yeux, et j'engloutis vite la fin de mon déjeuner, je m'enfourne tout dans la bouche et je mâche à toute vitesse en la suivant pour attraper mes chaussures.

— Je viens avec vous.

— Tu veux venir marcher avec nous ? Harper me dévisage, sceptique.

— Oui, un peu de soleil me fera pas de mal. Donne-moi juste une minute, je dis en filant à ma chambre pour m'assurer que je suis armé, au cas où ça tournerait mal.

Le flingue est planqué sous mon T-shirt. La dernière chose dont j'ai besoin, c'est qu'Harper pose des questions ou que Zeke le montre du doigt.

Dix minutes plus tard, on marche le long du trottoir. Mon regard balaie les alentours l'air de rien, je reste aux aguets pour être sûr qu'on ne nous observe pas et qu'on ne nous suit pas.

— Je suis surprise que tu aies décidé de nous accompagner, dit Harper. Si tu ne sortais pas avec Nova, je jurerais que tu craques pour Kensley.

— Ta copine est mignonne, mais ce n'est vraiment pas mon genre.

— Ton genre, c'est Nova, on le sait tous. Harper sourit et secoue la tête.

Zeke court à nos côtés. Je me place côté rue, au cas où une voiture déboulerait, et pour pouvoir aussi le protéger s'il file sur la chaussée.

Il ne l'a pas encore fait, mais il me fout la trouille à faire des allers-retours. Je te jure, ce gamin joue à chat tout seul.

De l'autre côté de l'artère principale, Kensley marche avec Brooks.

— Je crois que tu as un peu de concurrence, je plaisante en donnant un coup de coude à Harper.

— Depuis quand ils sortent ensemble ? Harper me fusille du regard, comme si j'avais gardé le secret de sa meilleure amie tout ce temps.

Pour info : je ne fais pas attention à avec qui sort Kensley, ni avec qui sortent mes coéquipiers. S'ils flirtent avec Nova, par contre, là je serais obligé de leur refaire le visage.

— Aucune idée. Je cours après Zeke en faisant le zombie ; il détale en poussant des cris et il glousse en essayant de m'échapper.

Quand il approche du bout du trottoir, je le cueille, je l'attrape pour l'empêcher de filer sur la route.

— Purée ! Ashton le zombie fait trop peur ! lance Kensley en nous rejoignant avec Brooks.

Brooks murmure quelque chose à Kensley, mais je ne tends pas l'oreille et je m'en fiche.

J'ai confiance en Brooks près d'Harper, et je sais que Kensley ne craint rien. Elle a eu droit à un contrôle en règle et à une vérification poussée de ses antécédents, surtout après ce qu'elle sait des affaires de Dante.

On a aussi mis son téléphone sur écoute, et elle est nickel, elle garde nos secrets. Ce que je ne peux pas dire d'Harper, qui a parlé de la mafia à Kensley.

Elle a de la chance d'être mariée à Luca, parce que Dante n'est pas du genre à pardonner.

Je les laisse passer devant avec Harper pendant que je reste derrière, Zeke accroché sur mon dos.

Je suis en alerte maximale à l'approche de l'aire de jeux, le même parc où Harper a aperçu pour la première fois un des hommes de DeLuca.

Quelques gosses jouent, des mères et des pères traînent, surveillant leurs enfants. Personne ne sort de l'ordinaire.

— En bas ! crie Zeke après qu'on a traversé la rue, et je le fais glisser prudemment de mes épaules avant de le laisser filer.

Je garde Zeke dans mon champ de vision tout en scrutant sans cesse, pour m'assurer que personne ne passe à pied ou en voiture d'une manière suspecte.

Harper et Kensley s'assoient sur le banc. Je reste à quelques mètres, pour laisser aux filles un peu d'intimité.

De toute façon, je n'ai pas besoin d'entendre leurs potins ni la vie amoureuse de Kensley et de Brooks.

Très peu pour moi.

Brooks vient traîner de mon côté, visiblement ennuyé. — Tu as l'air tendu, dit-il en me fixant.

— Je garde juste un œil sur Zeke.

— Ce n'est pas plutôt le boulot de Luca ou d'Harper ? Brooks jette un coup d'œil aux filles derrière lui.

De là où je suis, j'ai le meilleur point de vue : je garde une ligne de mire claire sur les filles et sur Zeke, tout en surveillant la majeure partie de la route.

— C'est le gamin de mon meilleur ami.

— Je ne voulais pas te vexer, se rattrape aussitôt Brooks. Je suis juste surpris que tu aies choisi de passer ton après-midi avec Harper.

— On est amis. Brooks n'a aucune idée de la mafia, des menaces, du danger qui nous colle à la peau. Je force un sourire. — Je me dis qu'elle ne devrait pas aller au parc toute seule.

— C'est l'après-midi, dit Brooks, puis ses yeux s'écarquillent. — Ah oui, c'est vrai. Kensley m'a parlé de l'incident au supermarché.

Ça ne m'étonne pas qu'Harper ait raconté ce qui s'est passé à sa meilleure amie.

Mon téléphone vibre. Je le sors de ma poche et vois que c'est Luca.

— Allô.

— Dis-moi que tu as un œil sur ma femme et mon fils. La voix de Luca est légèrement essoufflée.

— On est au parc avec Kensley et Brooks. Tu

peux nous rejoindre. Je force un sourire pendant que Brooks m'observe attentivement.

— J'y suis bientôt.

Je raccroche et je remets mon téléphone dans ma poche.

— Alors, vous avez appelé les flics ? demande Brooks.

— Quoi ? Je ne vois pas de quoi il parle, mais quoi que ce soit, non, on n'a pas appelé ces putains de flics.

— Quand ce type bizarre a importuné Harper et Zeke. Vous êtes allés voir les flics pour ça ?

— Non. Je regarde Brooks puis Harper.

Je n'aime pas où il veut en venir.

— Pourquoi ? Brooks ne lâche pas. — Je veux dire, vous devriez aller voir la police. D'après ce que Kensley m'a dit, Harper avait peur de se faire kidnapper ou un truc du genre. C'est peut-être rien, mais au moins ils pourraient enquêter.

— Lâche l'affaire, d'accord ? Je me dirige vers les filles, en espérant que Brooks capte l'allusion et change de sujet.

— Je me fais juste du souci… Brooks continue et me suit pendant que je me poste à côté d'Harper.

— Du souci pour quoi ? demande Kensley, qui a entendu la conversation en nous voyant arriver.

— S'il y a des images du type qui a importuné Harper, pourquoi personne ne les a portées au commissariat ? Vous devriez déposer une plainte. S'il menace Harper, il fait probablement la même chose à d'autres femmes. Brooks essaie d'aider, mais il n'aide vraiment *pas* la situation.

Harper fronce les sourcils et lève les yeux vers moi. — Je sais qu'il se passe un truc entre toi et Luca.

— Il ne se passe rien. Je te jure, mes sentiments amoureux sont à cent pour cent pour Nova.

Harper ricane et secoue la tête. — Tu sais très bien que ce n'est pas de ça que je parle.

— De quoi tu parles ? Je soutiens son regard intense.

Elle n'est pas assez bête pour parler de Dante ou de la mafia devant Brooks. Et même si Kensley sait que Dante dirige la mafia, pas la peine d'en savoir davantage. Elle en sait déjà trop comme ça.

Harper se lève, m'attrape par le bras et me tire à quelques mètres de ses amis. — Toi et Luca, vous cachez des choses — quelque chose. Je comprends que ce que tu fais avec Dante, ton travail, relève du privé, mais quand ça déborde dans ma vie ou celle de mon fils, là, on a un problème.

Un léger sourire me tire le coin des lèvres. — Tu me menaces, Harper ?

— Peu importe dans quoi tu as embarqué Luca, je te jure que s'il finit blessé ou s'il arrive quoi que ce soit à mon fils, je tiendrai toi et Dante personnellement responsables.

— Compris. Je jette un coup d'œil derrière Harper et je force un sourire ; voir Luca ici me soulage. Il peut s'occuper de sa femme, de Brooks et de la flopée de questions qui commencent à surgir. C'est son problème, maintenant.

TREIZE

BRISTOL

J'offre à Liam de venir se glisser dans le lit avec moi. Ce n'est pas un geste intime ; on regarde un film dans la chambre de Sophia.

Mais ça a l'air intime quand il se lève du fauteuil, vient jusqu'au lit et s'assoit.

Mon cœur tambourine dans ma poitrine tandis que je garde mes mains pour moi.

Liam est une plaie dans ma vie depuis toujours.

Ce n'est pas parce qu'on partage un lit que je vais commencer à craquer pour lui... on n'y dort même pas.

Je ne bouge pas, parfaitement immobile. Je me sens gauche pendant que Liam s'étire et s'installe.

Il lève le bras et le cale derrière sa tête. Tout chez

lui est gigantesque. Il prend plus de la moitié du matelas, même si je ne crois pas que ce soit volontaire.

Même en version extra-longue, le matelas une place reste étroit pour deux. Je tremble encore, et il me lance un coup d'œil.

Est-ce qu'il le sent à travers le matelas ?

— Tu veux que je t'apporte une couverture ?, propose Liam.

Sophia met du pop-corn au micro-ondes pour nous tous avant qu'on lance le film.

— Ça te dérange si je me glisse sous la couette ?, je demande à Sophia.

— Vas-y. Mais évite les saletés avec celui-là. Elle pointe son frère du doigt.

— T'inquiète. Je n'ai aucune envie d'attraper des microbes. Je plaisante, mais je suis aussi sérieuse quand je me demande quelles saloperies Liam a pu choper avec d'autres filles.

Il a tout du coureur de jupons.

Sans doute parce que je traîne parmi les joueurs de hockey depuis toujours, des pros. Même si mon père a toujours été fidèle à Emerson, j'ai entendu des histoires sur certains et leurs prouesses sexuelles.

Quand j'étais plus jeune, papa essayait de tenir ces types loin de la maison quand il recevait ses potes. En grandissant, je voyais et j'entendais de plus en plus, je comprenais beaucoup mieux ce qui se passait autour de moi.

Emerson insistait pour que les fêtes aient lieu ailleurs.

J'avoue, ça me décevait, parce que certains joueurs étaient très agréables à regarder.

Cela dit, Liam les dépasse tous, avec sa tignasse épaisse et dorée et ses yeux couleur mer des Caraïbes. Ce bleu limpide, piqueté d'or, scintille comme du turquoise sous le soleil.

Je parie qu'on lui demande souvent s'il porte des lentilles colorées, tant ses yeux captivent.

Aucun doute, il sait qu'il a la gueule qu'il faut et un corps d'athlète.

Une raison de plus de le détester.

Les filles lui tombent toutes dans les bras, prêtes à le supplier de sortir avec elles.

Sans aucun doute.

Sophia apporte un sachet de pop-corn et me le tend. — Vous partagez, tous les deux, ou je dois en refaire un ?

Liam me donne un petit coup de coude, et je le fusille du regard parce qu'il me touche. J'ai comme le pressentiment qu'il va me pourrir tout le film.

Pourquoi je l'ai invité à s'allonger à côté de moi ?

Mais à quoi je pensais ?

— Je peux partager si elle ne rafle pas tout le pop-corn et n'y verse pas des litres de sel.

— C'est la meilleure façon de le manger.

Sophia lève les yeux au ciel. — Je t'en fais un, Liam.

Elle en glisse un autre au micro-ondes, et on attend pour lancer le film, parce qu'avec le vacarme, impossible d'entendre les dialogues.

Je plonge la main dans le sachet, j'attrape un grain et je croque. — Il manque clairement du sel. Je déniche un autre petit sachet planqué au fond de mon sac et je le vide dans le pop-corn. Je referme, je secoue, puis j'en goûte un autre. — Mon Dieu, c'est parfait.

Liam fronce le nez. — T'aimes manger de l'eau de mer ?

— Non, et ce serait plutôt la boire. Je lui donne un coup de coude, et il fait semblant d'avoir mal.

— Ouf. T'as du bras, toi. Il grimace, fait la moue, joue un peu trop la comédie à mon goût.

Comme quand on était gamins.

— Allons, Monsieur la star du hockey, aucune chance que ça t'ait fait mal. Je l'ai déjà vu se faire bousculer et malmener par des types bien plus violents sur la glace quand il jouait contre les Predators.

Liam sourit et attrape mon sachet de pop-corn.

— Tu me dois une bouchée pour ce passage à tabac.

— Mais qu'est-ce que t'es dramatique !

Je plonge la main dans le pop-corn et je lui jette quelques grains à la figure.

Il tente de les attraper avec la bouche, mais se rate lamentablement. C'est presque... mignon.

Mais je refuse de qualifier un jour Liam Moretti de mignon.

Liam ramasse les grains un par un et les porte à ses lèvres.

Je ne peux pas m'empêcher de le regarder. Chacun de ses gestes réveille quelque chose de profond en moi.

Qu'il aille au diable.

Ça doit être fait exprès. Sa façon de me retourner le ventre rien qu'avec ses yeux, et ce sourire.

Oh, ce sourire insolent qui me transperce et me fait picoter de l'intérieur.

— Moi, dramatique ? Liam sourit en grignotant les grains un par un.

À sa tête, je vois bien que c'est trop salé, mais il fait comme s'il savourait chaque grain. Il tend la main vers mon sachet, et je hausse un sourcil. Impossible qu'il en veuille encore.

— Si t'aimes les trucs salés, je connais peut-être une autre gourmandise pour toi...

Mes yeux s'écarquillent, et je lui colle une bonne claque sur le bras. — Beurk, dégueu ! T'es qu'un pervers.

Le crépitement des grains qui éclatent couvre notre conversation aux oreilles de Sophia. Elle ne semble pas capter ce qui se trame avant d'ôter le sachet du micro-ondes.

— Vous vous êtes bizarrement calmés, tous les deux. Sophia ouvre le sachet, et une bouffée de vapeur s'en échappe.

— Attention. Il descend du lit et attrape le sachet des mains de Sophia avant qu'elle n'ait le temps de se brûler.

— Merci. Sophia glisse un troisième sachet dans le micro-ondes, et déjà, Liam me manque à côté de moi.

Le lit paraît froid et désert.

Qu'est-ce qui cloche chez moi, bon sang ?

Peut-être que je me suis cogné la tête en tombant dans les pommes.

Une minute plus tard, il est de nouveau sur le lit, et aussitôt, je me détends. Franchement, ce n'est pas la réaction que j'attends de moi. Être près de Liam me met d'ordinaire en ébullition. Je l'ai toujours détesté. Il n'y a aucune chance que je commence à éprouver quelque chose pour lui.

Mais il n'est peut-être pas entièrement mauvais.

Juste un petit emmerdeur, quoi.

— Tu ne dis plus rien. Ça va ? Liam pose une main sur ma cuisse, dépose son sachet de pop-corn sur le lit et l'appuie contre ses genoux pour éviter qu'il ne se renverse. — Tu veux encore du sel ? Un sourire narquois lui traverse le visage, genre je déconne.

— T'aurais pas une salière sous la main ?

Liam hésite et secoue la tête. — Non. Faudra que j'en vole une au resto U pour toi.

— Ça ira. Je crois qu'il y a assez de sel sur mon pop-corn. Je pousse sa jambe du genou, et son sachet bascule, mais heureusement, seule une poignée de grains se renverse.

Il ramasse les fuyards, les mange en premier, puis me fusille du regard. — Tu l'as fait exprès. Sa voix prend un ton menaçant ; c'est plus que de l'agacement, presque un grognement.

— Et comment. Tu m'as suggéré de te sucer la bite, tout à l'heure.

— Quoi ? Les yeux de Sophia s'écarquillent, et

elle tousse. — C'était quand, ce commentaire, au juste ?

— J'ai pas dit qu'elle devait me sucer la bite, dit Liam. — Ce que je lui ai dit, c'est—

Sophia lève la main pour l'empêcher de finir sa phrase. — On a beau être jumeaux, y a des trucs qu'on n'a pas besoin de partager.

Je ne peux pas m'empêcher de rire, et Liam me lance un regard noir. C'est joueur, électrique, et ça me fait perdre mes moyens.

Il ne devrait pas me faire *cet* effet-là.

Heureusement, Sophia lance le film, et Liam ne dit plus un mot. Il se tortille un peu sur le lit pour trouver une position confortable.

Je le regarde du coin de l'œil.

C'est la plus grosse des distractions.

Difficile de se concentrer sur le film quand Liam est dans le lit avec moi.

On ne fait rien de sexuel, hein.

Je préférerais me couper un bras ou une jambe.

C'est peut-être moi, la reine du drame.

C'est Liam. Le même type qui, en terminale, a couché avec deux filles de première qui étaient meilleures amies. Il sortait avec les deux en même temps, sans que l'autre le sache, jusqu'à ce que tout explose.

Pas l'ombre d'un remords.

Je n'ai aucune intention de lui donner mon cœur alors que je sais qu'il le piétinerait.

Liam me jette un regard, et je ramène aussitôt mes yeux vers la télé.

Il étouffe un rire.

— Quoi ?, demande Sophia. — Cette scène n'est pas drôle.

— Non, mais celle juste à côté de moi est hilarante. Liam affiche un grand sourire, et je m'applique à regarder droit devant, mais je sens la chaleur me monter aux joues sous son regard.

Je tourne la tête et je le fusille du regard. — Qu'est-ce qui te fait rire, Moretti ?

— Tu te colles tellement au mur qu'on dirait que tu vas le baiser. Sa voix est basse, rocailleuse, et un frisson me traverse l'échine.

Ma bouche s'assèche et mes lèvres s'entrouvrent dans un léger halètement. — Tu as pris tout le lit ! Je me couche où, sinon ?

— Tu peux partager mon lit. Sophia est de l'autre côté de la pièce et met le film sur pause, puisque de toute façon personne ne regarde.

Liam fusille sa sœur du regard, un sourire entendu jouant sur ses lèvres. — Ça te plairait, hein, petite sœur ?

— Petite ? J'ai deux minutes de moins que toi. Sophia fusille son frère du regard, et je jurerais qu'ils arborent le même rictus.

C'est troublant.

— Ouais, mais tu es quinze centimètres plus petite. Revoilà ce sourire suffisant, et j'ai une furieuse envie de le lui faire ravaler.

— Tu préfères que je me rapproche ? J'avale mes nerfs qui remontent et j'ignore les battements affolés de mon cœur pendant que je grimpe presque sur Liam, je passe une jambe par-dessus la sienne, ma main trouve son torse.

S'il veut flirter, je peux très bien jouer, moi aussi.

Je sens le rythme régulier de son cœur.

Il bat vite, mais pas autant que le mien.

Liam me grogne dessus, un bras glisse et m'entoure la taille. — Qu'est-ce que tu fais ?

— Qu'est-ce que je fais ? Ma voix part dans les aigus et me trahit. Je m'éclaircis la gorge en espérant qu'il ne s'en rende pas compte, mais ce serait impossible. Peut-être qu'il n'en dira rien. — Et toi, qu'est-ce que tu fais ? Je lui renvoie la balle, mon regard accroche le sien.

Je refuse de me dégonfler ou de laisser l'avantage à Liam.

En un geste fluide, il pose ses mains sur mes

hanches, me tire en travers de sa jambe et me cale entre ses cuisses.

Je me pelotonne sur le côté, mon corps posé contre son torse. Je sens l'ample va-et-vient de sa respiration, chaque battement de cœur, même la chaleur de son souffle contre mes cheveux et, je le jurerais, il pose un baiser sur mon front.

— Tu viens de m'embrasser ? je m'étrangle. Ce petit jeu est peut-être amusant, mais il me stresse. Mon cœur galope dans ma poitrine et mes doigts glissent jusqu'à sa cuisse, en tremblant, tandis que l'adrénaline me submerge encore une fois.

Le souffle de Liam est chaud, il expire longuement, ses bras puissants m'enserrent. — Regarde le film, Cracheuse de feu.

Je ricane à son surnom pour moi.

— Cracheuse de feu ?

Liam hausse les épaules et sourit. — Je me trompe ?

Sophia intervient en riant. — Franchement, ça pourrait décrire vous deux quand vous êtes ensemble.

— Je l'ai trouvé en premier ! Liam se cale un peu plus contre le mur, ses bras autour de moi, me tire pour que je m'allonge contre son torse.

Je me décale pour mieux voir le film, collée à son dos, ses bras m'enserrant les hanches.

C'est intime, la façon dont il me tient.

Son petit surnom réveille quelque chose d'enfoui au fond de moi.

Je ne déteste pas ça.

Pas question de le dire à Liam, sinon il ne me lâcherait plus avec ça.

Comme être dans ses bras solides, son dos contre moi, recroquevillée, ce n'est pas si désagréable.

J'essaie de me concentrer sur le film, mais tout ce que je sens, c'est chacune de ses inspirations. Elles sont lentes, régulières, posées.

Comment peut-il ne pas paniquer, là, tout de suite ?

Comment l'homme qui me déteste peut-il me tenir comme si de rien n'était et se concentrer sur le film devant nous ?

Il pose son menton au sommet de ma tête, et je me tortille contre lui, pas envie qu'il fasse ça.

Liam s'éclaircit la gorge et bouge légèrement.

Est-ce que, sans le vouloir, je le mets mal à l'aise ?

Ses bras s'enroulent autour de ma taille, me serrent contre son torse. Son contact sur mes bras est doux, délicat, rassurant.

Je suis épuisée après mon malaise, et je lutte pour garder les yeux ouverts.

Les pulpes de ses doigts glissent de mes bras à mon ventre, et ça m'endort.

Je me réveille quand le générique défile et je suis à moitié lovée dans le creux d'un des bras de Liam, qui me soutient la nuque.

Mes paupières papillonnent, je me dégage et je me retourne, et je vois qu'il a utilisé des oreillers pour caler son bras, pour moi.

Il n'y a aucune chance que cette position soit pour son confort.

— Désolée, je me suis endormie.

— Ça va, Cracheuse de feu. La façon dont il dit ce surnom envoie une chaleur qui fourmille dans tout mon corps. — La prochaine fois, évite juste de baver sur moi.

Mes yeux s'écarquillent d'horreur. — Je ne bave pas en dormant !

Liam ricane. — Dis ça à tes lèvres.

Je le fusille du regard, je recule à quatre pattes, je descends du lit. — Merci pour le film, Sophia. Je ferais mieux de retourner dans ma chambre.

Liam descend du lit derrière moi. — Je devrais rentrer au campus.

Il a pas mal de route devant lui.

— Merci encore de m'avoir ramenée. Je n'arrive toujours pas à croire qu'il ait proposé de me ramener au lieu de me faire prendre le bus.

Ce numéro de gentil me déroute vraiment.

Mais aussitôt après, il me lance une pique sur le fait que je baverais en dormant — ce dont je suis certaine qu'il n'est jamais arrivé —, et il m'agace de nouveau.

— Je te raccompagne jusqu'à ton dortoir.

— C'est pas nécessaire. T'as beaucoup de route ; tu ferais mieux d'y aller. J'enfile mes chaussures et je prends le sac vide de pop-corn, que je jette à la poubelle.

Je serre Sophia dans mes bras, un peu gauche, pour lui dire au revoir, et je sors dans le couloir, Liam juste derrière moi.

— Ça sert à rien de discuter, parce que tu vas perdre. Comme t'as perdu ce pari.

Il referme la porte derrière nous, et sa main se pose dans le bas de mon dos pendant qu'il me conduit vers l'ascenseur.

— J'ai pas perdu ce pari. Je refuse d'offrir cette satisfaction à Liam Moretti.

— Si. Et tu me dois un rencard.

Je fronce le nez et j'écrase d'un coup le bouton de l'ascenseur pour descendre.

— Y en a une qui est grognon. Pas assez dormi ? plaisante Liam, comme s'il parlait du petit chez lui, pas d'une femme adulte.

Je lui colle un coup de coude pour qu'il se taise, et il recule d'un pas, me laissant un peu d'espace.

Enfin !

L'ascenseur sonne et s'ouvre au sixième étage. J'entre, et Liam est juste à côté de moi. — Tu peux te détendre ; je ne m'évanouis pas à chaque ascenseur.

Il arque un sourcil. — T'en es sûre ?

J'appuie sur le bouton du rez-de-chaussée et je l'ignore.

Difficile, quand il se rapproche de moi.

Je le fusille du regard.

— J'essaie juste d'aider ! Il lève les bras en l'air, mais il est quasiment collé à moi, à empiéter sur mon espace vital.

— Toi et « serviable », ça ne va pas dans la même phrase.

Il mime la blessure, comme si je l'avais transpercé à la poitrine, et plaque une main sur son cœur. — Ça brûle, Cracheuse de feu.

— J'imagine que t'as visé juste pour le surnom.

Les portes s'ouvrent et je me précipite dehors avant qu'il ait le temps de répondre. Je file à travers le hall et les doubles portes comme si j'avais une mission. Et c'est le cas : rentrer chez moi et m'éloigner de Liam.

Je grommelle entre mes dents, furieuse contre moi-même de ne pas être assez maligne pour lui trouver un surnom.

Avec ma chance, j'en trouverai un quand il sera parti.

Liam est juste derrière moi tandis que je traverse la pelouse à toute vitesse, prête à couper au plus court, quelques pas de moins, vers mon bâtiment.

— Pressée ? devine Liam, et il a de longues jambes, il lui suffit de quelques enjambées pour me suivre.

J'ai l'impression de courir, ce qui n'aide pas mon cœur déjà au taquet. La chaleur aussi me tombe dessus alors que le soleil commence enfin à décliner sur l'horizon.

Ce n'est pas l'humidité de la Floride, mais la chaleur et la lumière suffisent à me mettre mal à l'aise.

Je n'ai jamais vraiment compris ça, mais la chaleur et moi, on ne s'entend pas. L'hiver, ça va. Je déteste le froid, mais il ne me rend pas malade.

La chaleur, c'est une tout autre bête. Je passe plus de temps à entrer et sortir de cabinets médicaux et des urgences, à me faire poser des perfusions pour déshydratation. Je m'évanouis davantage quand il fait chaud. Je n'arrive pas à me concentrer, comme si mon cerveau est à un million de kilomètres. C'est comme si je mets un pied au soleil et qu'il me vide instantanément de toute énergie. Je préfère la nuit et non, je ne suis pas un vampire. Même si, parfois, ça y ressemble un peu.

La chaleur est étouffante, et j'attrape la poignée, je tire la porte, reconnaissante pour le souffle d'air frais à l'intérieur, tandis que la clim coule à flots et rend l'endroit supportable.

Ma tête tourne, un vertige m'engloutit et bouscule tous mes sens.

J'aurais dû boire une deuxième bouteille d'eau dans la chambre de Sophia. J'ai fini la première, mais ça n'a pas l'air d'avoir servi.

Je me concentre : un pas après l'autre.

Je ne vais pas m'évanouir devant Liam Moretti.

Ce n'est pas comme si je ne l'ai pas déjà fait une fois aujourd'hui, mais deux fois, hors de question !

Je me force à rester debout, l'air froid m'aide à retrouver mes esprits, un par un.

Je me tiens devant l'ascenseur, le regard fixé sur

le bouton, et Liam vient se placer à côté de moi et appuie dessus.

— Quel étage ? demande Liam avant même qu'on mette un pied dans l'ascenseur.

Il doit remarquer le voile dans mon regard, le fait que je n'arrive pas à me concentrer et que même parler me demande bien trop d'énergie.

Vision en tunnel.

Ça craint.

— Six, j'articule d'une voix rauque. J'ai envie de lui faire remarquer qu'il devrait se souvenir qu'il est monté jusqu'à ma chambre, qu'on s'est embrassé, mais les mots pèsent trop lourd sur ma langue. Ils me demandent plus de force que je n'en ai.

Je fais un pas, la nausée relève sa sale tête, me submerge tandis que je m'agrippe à la barre dans l'ascenseur.

Pas encore, putain.

Pitié.

L'ascenseur est loin d'être aussi frais que le rez-de-chaussée, et je sens poindre les signes avant-coureurs.

Pitié, non.

La sueur me lèche le front, perle sur ma peau. Ma vue vacille un instant alors que je chancelle, et le bras de Liam se pose aussitôt sur ma hanche.

— Je te tiens, chuchote-t-il à mon oreille, son souffle me faisant frissonner.

Je ne m'attends pas à son contact, à son souffle, à la chaleur de son corps, et mon cœur s'emballe encore plus.

Je ne remarque même pas que Liam appuie sur le bouton du sixième.

Je ne vois pas grand-chose : des taches noires constellent mon champ de vision.

Putain.

Mes jambes se dérobent et ma respiration s'accélère, s'affole, comme si je courais après la dernière lueur dans mes yeux.

Ses bras m'enlacent, et il me soulève avant même que j'aie le temps de comprendre ce qu'il fait. L'ombre envahissante tente de m'engloutir, mais je me retrouve plaquée contre son torse quand la porte de l'ascenseur sonne et que nous arrivons à destination.

Du moins c'est ce que je crois, car mes yeux restent fermés et je pose la tête contre son torse.

Je me fiche même de la honte et de l'humiliation qui m'attendent demain, j'en suis sûre.

Il me porte hors de l'ascenseur, et le souffle d'air froid du couloir m'offre un répit bienvenu face à la chaleur et à la nausée qui me roulent dessus par vagues.

— Où est ta clé, mon cœur ? Il va falloir que je te fasse entrer dans ta chambre.

— Dans ma poche.

— Je vais devoir te poser. Liam me porte jusqu'à ma chambre universitaire. Il ne se rappelle peut-être pas l'étage, mais il se souvient de laquelle est la mienne.

— Je ne…

Il me pose doucement au sol, assise, le dos contre le mur, et se penche à ma hauteur. Il garde une main sur moi en permanence, pour m'empêcher de basculer. — Tu veux prendre les clés, ou je m'en charge ?

Depuis quand Liam se comporte-t-il en gentleman ?

Mes mains tremblent, tout mon corps avec, quand je plonge dans ma poche et en sors ma clé. Je lui tends le porte-clés, et il hausse un sourcil en lisant l'inscription sur le motif de carte de tarot, mais il ne dit rien.

Pas assez de sauge pour ces conneries.

Ça résume parfaitement ma vie, surtout aujourd'hui.

Il garde une main sur moi tout en déverrouillant

la porte et en l'ouvrant. Puis il se penche et me soulève dans ses bras, pour me porter jusqu'à mon lit.

— Ne discute pas, cracheuse de feu, mais je ne te laisse pas seule, pas question. Je reste cette nuit.

QUATORZE

LIAM

— Tu n'as pas besoin de rester, me lance Bristol, encore une fois. Elle est allongée sur son matelas, et je suis assis sur la chaise de bureau que j'ai tirée contre son lit.

Partir est la pire idée qui soit.

— Eh bien, je ne te laisse pas seule. Tu n'as pas de coloc. Il y a quelqu'un que je peux appeler pour toi ?

— Ça va. J'ai juste besoin de dormir un peu. Elle ferme les yeux et fait semblant de dormir.

— Comme une gueule de bois ? Je reste sceptique. Elle s'est évanouie plus d'une fois aujourd'hui. Je serais un connard si je la laissais toute seule.

Mon instinct me dit de l'emmener aux urgences.

Son silence m'agace, et je me rapproche ; la chaise grince sur le linoléum, ce qui la force à entrouvrir un œil pour me fusiller du regard.

— J'essaie de dormir, Moretti.

Toutes les lumières restent allumées dans sa chambre de dortoir. Je ne crois pas qu'elle essaie vraiment de dormir ; c'est surtout sa façon de me faire taire.

Je commence à parler couramment le *Bristol Greyson*, un peu trop bien.

Je pince les lèvres : j'ai une idée.

Elle va me détester pour ça, mais bon, elle me déteste déjà.

— Tu te souviens du pari ?

Bristol grommelle entre ses dents.

— Je me sens pas d'humeur à sortir, Liam. Ses narines palpitent, et elle me lance un regard de travers.

Oh oui, elle va clairement me détester encore plus.

Parfait.

— Je la réclame.

— Quoi ? Elle tique des sourcils et se tourne sur le côté, les jambes toujours allongées. — Tu rabâches quoi, au juste ?

— Je t'emmène à ce fameux rencard, ce soir.

Elle renifle, moqueuse. — Tu crois vraiment que je suis en état de sortir ce soir, Liam ? Regarde un peu la situation, bordel.

Un sourire en coin me vient aux lèvres. — Oh, si. Tu m'accompagnes où je veux aller.

— Va te faire foutre. Elle lève la main et me fait un doigt. J'imagine que ça lui demande pas mal d'énergie, rien qu'à voir son expression.

Je me penche, je me rapproche tout près, rien que pour la faire fulminer. — J'adore ton énergie.

— T'es une vraie ordure, Liam. Me forcer à sortir avec toi quand je suis malade.

Je jette un œil à mon téléphone, je vérifie la météo de ce soir pour m'assurer qu'il ne fait pas trop frais et si elle aura besoin d'une petite veste avant de sortir.

— Rencard de la haine, je lâche avec un sourire en coin. — Appelons un chat un chat.

Elle me cingle : — Au moins, tu tiens un truc juste. Le seul sur lequel on sera jamais d'accord.

J'ouvre l'appli de cartes sur mon téléphone et je tape l'endroit où je veux nous emmener. Je garde l'écran hors de sa vue. Elle a zéro chance d'être d'accord avec ma décision.

Je remets mon téléphone dans ma poche. Je récupère ses clés et je soulève Bristol dans mes bras.

— Tu comptes me porter à notre rencard ? Ses bras s'enroulent autour de mon cou, mais juste pour se tenir. — Je te déteste, grommelle-t-elle à mon oreille.

— Je suis sûr que tu me détesteras encore plus après.

— Pourquoi ? Tu comptes me forcer la main ?

Je me mords la lèvre inférieure.

Sa remarque me pique, mais je choisis de l'ignorer.

Je la porte hors de sa chambre, et, heureusement, la porte se verrouille automatiquement derrière nous. Je l'emmène jusqu'à l'ascenseur, et elle pose la tête contre mon torse. J'appuie sur le bouton pour descendre.

Un instant, je ne sais pas si elle s'endort ou si elle perd connaissance.

Jusqu'à ce qu'elle ouvre la bouche et brise le silence. — Tu peux me poser. Je suis capable de marcher.

Je n'en suis pas sûr — pas sans tourner de l'œil.

— À condition que je garde un bras autour de toi. Je ne veux pas risquer qu'elle s'évanouisse et se cogne la tête.

— Très bien, grogne-t-elle, et je pose prudemment ses pieds au sol devant l'ascenseur.

Les portes s'ouvrent et elle entre, en tanguant un peu, mais ma main serre sa taille et la maintient debout.

J'appuie sur le bouton du rez-de-chaussée et je la sens se coller, son corps pressé contre le mien.

Mes bras entourent sa taille, et un instant, si j'oublie toute la merde d'aujourd'hui, ça devient presque agréable. Comme un couple.

Mais Bristol et moi, on n'est rien d'autre que des pas-amis compliqués. Je ne sais même plus si on entre encore dans la case ennemis. Après ce soir, peut-être de nouveau.

Tant pis, je tente.

Les portes de l'ascenseur s'ouvrent, et je sors avec elle, jusqu'à ma voiture. Elle chancelle un peu, vacille sur ses jambes, mais je suis là, le bras autour de sa taille, à la maintenir contre moi.

Une fois tous les deux installés dans la voiture, j'utilise l'appli de cartes pour nous guider jusqu'à la destination, parce que je ne connais pas bien le coin.

Dix minutes plus tard, je me gare devant les urgences de Great Falls.

Bristol pousse un soupir excédé.

— T'as pas osé. Tu veux aller ici. À notre rencard ? Elle montre l'entrée du doigt pendant que je m'arrête devant, juste le temps d'aller chercher un fauteuil roulant.

— Je veux que tu ailles mieux.

— Les urgences peuvent rien pour moi, Liam. C'est une perte de temps monumentale.

— Joli mot, je la taquine en faisant de mon mieux pour la distraire. — Tu me dois un rencard. Celui-ci est le mien.

— T'es vraiment chelou. Bristol secoue la tête, mais ne me dit pas non.

— Si la situation était inversée et que c'était moi qui m'évanouissais, tu voudrais que j'aille aux urgences pour me faire examiner ?

Ses yeux lancent des éclairs. — Je te fous hors de ma bagnole et je te laisse crever sur le bas-côté.

— Je te crois pas. Je l'aide à s'installer dans un fauteuil roulant puis je la pousse à l'intérieur par l'entrée principale. — Ne bouge pas.

— Je vais m'enfuir où, sérieux ? je l'entends me lancer.

Je cours re-garer la voiture sur le parking à côté et je reviens en trottinant à l'intérieur.

Le temps que je rentre, deux minutes à tout

casser, Harper tient un porte-bloc avec une liasse de papiers à remplir. Elle me les colle dans les mains.

— La paperasse est pour toi, *chéri*.

— Le sarcasme te va bien, je réplique avec un sourire. Je baisse les yeux sur les pages vierges. Elle n'a rien rempli.

Bon, ça promet.

Je connais son prénom et son nom de famille.

— Date de naissance ? je demande.

Elle me donne l'info ainsi que son adresse légale.

— J'ai aussi besoin de tes informations d'assurance.

Bristol fouille dans sa poche pour son téléphone et me le tend.

— C'est sous la coque.

J'enlève la coque, et derrière, il y a sa carte d'assurance et sa pièce d'identité.

— Bristol, appelle l'infirmière d'accueil, et je la pousse en fauteuil dans la petite salle d'examen.

— Vous pouvez remplir le reste des formulaires là-bas, m'informe l'infirmière d'accueil en me faisant sortir et en refermant la porte derrière elles.

Je m'assois, je recopie les infos d'assurance et j'inscris mon nom comme l'un de ses contacts d'urgence.

Je fixe la case sous mon nom. *Lien avec la patiente.*

Petit ami, ça ne suffira pas. Ils ne me laisseront jamais revenir si je ne mets pas un lien de parenté. Mari ? On ne porte pas d'alliances, et elle a l'air d'avoir à peine dix-huit ans.

Je coche frère, avec des conséquences plus ou moins heureuses pour moi.

Toute cette soirée s'annonce comme un désastre.

De toute façon, Bristol me déteste déjà, ce qui rend au moins la version frère et sœur crédible ici.

Je remplis tout ce que je peux et j'attends Bristol, au cas où elle aurait des allergies ou d'autres infos médicales à ajouter aux formulaires. Je ne connais certainement pas la date de ses dernières règles ni tous ses symptômes actuels.

Je coche l'évidence : évanouissements.

En attendant Bristol, je tripote son téléphone et j'essaie son mois et son jour de naissance pour le déverrouiller.

Bingo.

C'est beaucoup trop facile.

Elle me tue si elle se rend compte que j'ai accès à son téléphone. Je fais défiler ses contacts et je tombe sur *Papa*.

Je sais qu'elle est proche de ses parents ; je la vois aux matchs avec son père ces derniers temps.

Oui, elle me demande de ne prévenir personne,

mais c'est avant qu'on arrive aux urgences. Et puis, il verra bien la facture, non ? Autant qu'il sache ce qui se passe pour sa fille.

Je m'envoie ses coordonnées, puis je lui écris depuis mon téléphone.

Liam : Salut, je suis ami avec votre fille, Bristol. Elle s'est évanouie cet après-midi sur le campus. Je l'ai conduite aux urgences. Je reste avec elle et je vous tiens au courant.

En quelques secondes, mon téléphone sonne.

— Allô ?

— Bristol va bien ? La voix de Kyler déborde d'inquiétude. Je la reconnais des conférences de presse que je vois à la télé.

J'ai toujours imaginé ce que ça ferait de parler à un joueur de la NHL. Je n'ai jamais pensé que ce serait par téléphone, pour parler de la santé de sa fille.

— Elle est avec l'infirmière d'accueil en ce moment. La culpabilité me ronge. Peut-être que je ne devrais pas inquiéter son père, au moins pas avant de savoir ce qui se passe.

— Je suis content que tu aies appelé. Elle aura probablement besoin d'une perfusion. Par le passé, ça lui a fait du bien, ajoute Kyler.

La porte du bureau de l'infirmière d'accueil s'ouvre. — Bristol revient, je dois y aller.

— Oui, envoie-moi des messages et tiens-moi au courant, répond Kyler.

Je me lève et j'aide à ramener Bristol en fauteuil jusqu'à la salle d'attente avec moi. — Tu parlais avec qui ? demande Bristol.

J'ignore sa question et je la place juste en face de ma chaise. — Tu devrais peut-être répondre aux dernières questions. Je lui tends le presse-papiers et un stylo.

— Frère ? Elle lève les yeux vers moi, le regard noir, et inspire brusquement. — Quel genre de frère emmène sa sœur à un rencard aux urgences ?

Heureusement, les urgences sont vides, sinon certains me balanceraient des regards plus que douteux en ce moment.

— Le genre qui tient à elle ? Ma voix monte d'un octave. — Je peux t'attendre ici quand tu retourneras.

Bristol secoue la tête et se crispe. — Non. Si on me traîne là-bas, tu viens avec moi.

Elle baisse les yeux sur les formulaires, griffonne les informations nécessaires et me les remet pour que je les garde.

— Pire rencard de tous les temps, marmonne-t-elle entre ses dents.

— Le pire rencard, ce serait si *moi* j'étais la raison pour laquelle tu es aux urgences.

— C'est *toi* la raison pour laquelle je suis ici !

En expirant, je la fixe, pas le moins du monde intimidé par Bristol. Je ne recule pas, pas avec elle, jamais. — C'est pas juste. Je la cloue du regard et, enfin, elle détourne les yeux. — Je propose ça pour t'aider, rien d'autre. Tu crois que c'est ce que je veux pour notre premier rencard ?

— On ne va pas à un rencard, Liam. Elle croise les bras sur sa poitrine.

— Et pourquoi pas ? dis-je, en la poussant à me répondre. J'attends presque qu'elle me dise que c'est ça, notre rencard, et que je n'ai qu'à faire avec.

— Pour commencer, tu me détestes. Pourquoi tu voudrais sortir avec quelqu'un que tu détestes ? Elle arque un sourcil, attendant ma réponse.

— Je ne te déteste pas...

Bristol n'a pas l'air le moins du monde convaincue, et je ne suis pas prêt à lui déballer ce que je ressens. Honnêtement, je ne sais pas vraiment ce que je ressens pour elle. Cette fille sait semer le doute chez un homme.

— Moi, je te déteste. Tu me stresses. Tu rends tout mille fois pire parce que...

Ses mots me piquent, mais je ne cille pas. — Parce que quoi ? dis-je, en attendant qu'elle développe.

— Parce que tu es... toi !

QUINZE

LUCA

Dante me laisse étonnamment pas mal de temps libre le week-end depuis l'accrochage où je me suis fait démolir.

En fait, tout l'été, je reste libre dès qu'il ne me force pas à exécuter ses ordres.

On a convenu de dîner avec eux deux fois par mois, le temps que je me remette.

Heureusement, le dîner a eu lieu le week-end dernier, ce qui me laisse celui-ci pour me consacrer entièrement à Harper et Zeke.

J'adore avoir l'été libre, sans me soucier d'aller en cours ni de réviser pour des examens. Ça nous donne, à Harper et moi, plus de temps pour trouver nos marques dans notre nouveau mariage.

Ça se passe bien, mieux que je ne l'aurais cru, après tout le cirque qu'on a enduré ces derniers mois.

Harper dort à poings fermés après les festivités d'hier dans la chambre, plus épicées que je ne l'aurais même imaginé. Découvrir que ta femme aime les jeux de rôle et réaliser ensuite ton fantasme, bordel.

Elle fait une sacrée petite infirmière sexy.

Je suis l'homme le plus chanceux au monde !

Zeke court partout dans le salon pendant que je suis à la cuisine, en train de préparer le petit-déj.

— Papa, je veux du bacon.

— Oui, tu en auras quand ça aura un peu refroidi. Je n'ai pas envie qu'il mange trop chaud et se brûle. Ses larmes de crocodile me donnent presque envie de pleurer, moi aussi.

Je ferais n'importe quoi pour protéger Zeke — et ça vaut aussi pour Harper.

Les protéger n'est pas facile.

Massimo DeLuca reste une angoisse permanente qui me trotte dans la tête.

Pendant un temps, je ne savais même pas s'il était encore en vie.

Il s'avère qu'il l'est, et je le veux mort.

Mais il est resté dans l'ombre, leur réseau est

resté silencieux depuis la dernière rencontre avec Harper à l'épicerie et au parc.

Dante pense qu'on a assez abîmé leur organisation pour la ralentir. Ils trafiquent toujours des filles, mais plus depuis notre ville.

Attends un peu.

Ils reviendront, avec une vengeance et une vendetta contre moi.

Je dois prendre les menaces de Massimo au sérieux. On a des caméras à l'extérieur de la propriété, et le flux est transmis aux hommes de Dante, qui peuvent surveiller la maison 24 h/24 et s'assurer que tout le monde est en sécurité, surtout ma famille.

Mais la surveillance ne suffit pas, et les hommes de Dante ne sont pas à côté. Ils sont à plus d'une heure. Ce qui laisse Liam, Ashton et moi pour gérer toute situation qui pourrait se présenter.

Dante nous a fourni des armes et des munitions, qu'on garde sous clé et hors de portée de Zeke. J'espère ne jamais m'en servir chez moi, mais ça me pèse.

Je n'en parle pas à Harper. Elle a déjà ses propres inquiétudes. Elle n'a pas besoin de connaître la menace de Massimo.

Ça ne ferait que l'angoisser et la contrarier, et c'est la dernière chose que je veux.

— Papa, le bacon ! Zeke tape du pied, exigeant que je lui prête attention.

Je sors trois tranches de bacon de la poêle et je les pose sur une assiette couverte d'un essuie-tout, pour absorber la graisse.

— Papa ! Zeke ne semble pas avoir beaucoup de patience. J'aimerais vraiment que ce soit un truc que Harper puisse lui apprendre, parce que je ne suis pas exactement un modèle de patience non plus.

— Je sais, Zeke, il faut juste attendre que ça refroidisse.

— Je meurs de faim. Je vais mourir ! s'exclame Zeke.

Ce gosse adore en faire des tonnes.

J'essaie de ne pas lever les yeux au ciel. — Tu ne vas pas mourir. Et si tu allais réveiller gentiment ta maman ? Le petit-déj sera prêt quand vous reviendrez.

Zeke file hors de la cuisine, manquant de trébucher sur ses petits pieds. Il court dans la chambre et j'imagine Harper en train d'essayer de le tirer sous la couette pour grappiller un peu de sommeil.

— Maman, pas dodo ! Bacon. J'entends sa

petite voix par-dessus le grésillement de la poêle, et j'allume la hotte pour éviter d'enfumer la maison.

La porte d'entrée grince, et je jette un coup d'œil à Liam, qui fait sa marche de la honte — sauf que ce type n'a aucune honte.

Il porte tout de même les fringues d'hier.

— Tu te décides enfin à rentrer. Je ne peux pas m'empêcher de lui adresser un sourire en coin, mais il affiche une expression grave.

— Qu'est-ce qu'il y a ?

Liam pousse un gros soupir, se passe une main dans les cheveux. — Celui qui menace Harper, c'est pas fini. J'ai chopé un type qui fouinait devant la maison.

— Tu as fait quoi ? Je m'écarte de la cuisinière et je me dirige vers la porte.

— C'est déjà réglé. Je lui ai laissé un cocard, et il va devoir glacer ses bijoux de famille, ricane Liam. — J'ai quand même réussi à lui tirer son portefeuille, à mémoriser son adresse, et à le menacer : s'il montre sa gueule sur le campus, je le bute, lui et sa famille.

— Alors, c'est qui ? Ça doit être quelqu'un de l'équipe de Massimo.

— Roberto Gianni. Quand je dis que j'ai

mémorisé son adresse, j'en ai pris une photo. Je te l'envoie.

— Fais ça, s'il te plaît. J'expire lourdement et je retourne à la plaque.

— Il était armé ?

J'ai besoin d'autant d'infos que possible de la part de Liam. Son père est dans la mafia, ce n'est pas comme si ce genre de choses lui était étranger.

— Il avait un flingue. Je l'ai désarmé avant de le faire dégager.

— Il peut revenir. Je lance un regard à Liam. Les portes sont verrouillées, mais je ne suis pas convaincu qu'on soit en sécurité ici.

— S'il revient, ce sera avec une équipe. Le gars était à peine capable de décrocher un coup sur ce joli visage, dit Liam en désignant sa mâchoire. — Qu'on ne se méprenne pas, je suis rapide au combat, mais il ressemblait plus à de la reco qu'à autre chose. Il ne s'attendait pas à se faire choper. La prochaine fois, on sera prêts. Liam croise les bras sur sa poitrine.

Je n'aime pas savoir que les hommes de Massimo s'en prennent à ma famille. — La prochaine fois ? Je ne veux pas qu'il y ait une prochaine fois. Je les veux tous morts.

— Je ne m'inquiète pas, marmonne Liam. En

bâillant, il se frotte les yeux. — Toi non plus, tu ne devrais pas.

Comment je pourrais ne pas m'en faire ? Ce n'est pas le premier incident, et ce n'est clairement pas une coïncidence s'ils se pointent sur le campus et chez nous.

— Ils s'en prennent à ma famille, je grogne. — Je ne peux pas ignorer ce merdier. Il faut les arrêter.

— On gardera un œil sur Harper et Zeke, comme on le fait déjà. Ils seront en sécurité, dit Liam.

Je devrais appeler Dante, le tenir au courant.

Mais les choses vont inévitablement s'enflammer dès que je le contacte.

Qu'est-ce que j'ai comme autre choix ?

On ne gagne pas cette guerre sans se salir les mains.

Je me concentre sur le bacon, en m'assurant qu'il ne brûle pas pendant que je retourne la fournée suivante à la poêle.

Ce n'est pas à Liam de s'en inquiéter, il ne bosse même pas pour Dante.

Je lève les yeux de la plaque vers Liam. — T'as pas beaucoup dormi cette nuit ? Facile à deviner, vu l'heure à laquelle il rentre avec les fringues d'hier.

— J'ai passé la nuit aux urgences.

— Tout va bien ? Il n'a pas l'air malade ou blessé,

mais pour ce que j'en sais, une fille a très bien pu lui esquinter la bite.

— Ouais, ça va. J'y suis allé pour soutenir une... amie. Il grimace sur le dernier mot.

Bizarre.

Je laisse tomber.

— OK, bon, je fais du bacon, et je vais mettre des œufs à cuire dans quelques minutes. Tu te joins à nous, il y aura largement de quoi manger.

— Je crois que je vais me glisser au lit et faire une sieste. Ça te va si on se capte plus tard ?

— Fais donc. En espérant qu'on ne te réveille pas.

La porte d'une chambre au fond du couloir grince, mais ce n'est pas celle de Liam, que je vois depuis la cuisine.

Ashton et Nova sont réveillés.

Je ne peux pas dire que ça m'enchante qu'ils partagent la même chambre. Je ne suis pas idiot. Je sais très bien qu'ils couchent ensemble, mais ça me met quand même un peu mal à l'aise.

Pratiquement tout le monde dans la maison, à part Zeke, me répète de passer à autre chose.

Ils sont heureux.

Je devrais être heureux pour eux deux.

J'essaie vraiment d'être heureux pour eux.

Je ne suis plus en colère contre Ashton d'avoir caché qu'il sortait avec ma petite sœur. Cette colère a disparu au moment où il m'a sauvé la vie au printemps.

Il aurait pu me laisser crever dans ce sous-sol.

Peut-être qu'il aurait dû, parce que j'avais été un con avec lui, à répétition.

Au lieu de ça, il m'a sauvé la vie.

Heureusement, il avait emporté une arme pour la mission de surveillance. Ashton était mieux préparé que moi.

— Salut, dit Ashton, le bras passé autour des hanches de Nova. Il pose un baiser sur ses lèvres avant qu'elle ne file seule à la salle de bains.

Je suppose que le « bonjour » s'adresse à moi, mais avec ces deux-là, on ne sait jamais. — Bonjour. Je fais cuire du bacon, et je compte préparer des œufs après. Tu veux t'en charger ?

Zeke sort en courant de ma chambre, Harper juste derrière lui.

— Beurk, pas d'œufs, Papa. Zeke nous entend et déboule dans la cuisine. — Des pancakes, s'il te plaît.

En soupirant, je ne prévois pas de faire des pancakes, mais c'est dur de dire non à Zeke. Je sais qu'il n'est pas fan des œufs, mais j'essaie de les lui préparer autrement. Je suis convaincu qu'il finira par aimer ça. Il faut juste que je trouve la bonne façon de les lui faire.

Harper entre dans la cuisine, l'espace se rétrécit avec trois adultes plus Zeke. — Je lui fais des pancakes. On en a au congélo, je peux les réchauffer.

Zeke frappe dans ses mains puis grimpe sur son rehausseur à table. Le repas n'est pas tout à fait prêt, mais il a un sacré appétit. Il a aussi beaucoup grandi ces derniers mois. Je n'arrive pas à croire à quel point il a changé. Il passe de bébé à petit garçon à une vitesse folle.

Mon téléphone vibre dans ma poche, et je l'attrape en jetant un coup d'œil à l'écran, en marmonnant entre mes dents.

C'est Dante.

Il a sans doute vu les images de surveillance devant la maison. Si Liam a cogné l'un des hommes de Massimo sur la propriété, c'est enregistré.

Je décroche d'une main et, de l'autre, je m'applique à cuire le bacon.

— Matinée chargée. Dante ne prend même pas la peine de dire bonjour.

J'expire et j'opine, oubliant un instant qu'il ne peut pas me voir.

— Ouais, on a eu une visite imprévue.

— J'ai remarqué. La voix de Dante est tendue. — Luca, j'ai besoin que toi et Ashton reveniez à la maison cet après-midi.

Je me mords la langue. Je sais qu'il va nous rappeler et vouloir qu'on reprenne le boulot pour lui, j'espérais juste qu'il repousserait encore un peu. Genre au prochain semestre, ou celui d'après.

Mais le fait que Roberto Gianni se pointe me dit aussi que ça chauffe, et je n'aime pas quand les ennuis viennent frapper à ma porte.

— À quelle heure ? Je jette un regard à Ashton et je lui articule silencieusement « Dante ».

— Le plus tôt sera le mieux. Il faut que je vous mette à jour au sujet de Massimo. On l'a aperçu en ville, et on pense connaître l'emplacement de sa prochaine cargaison.

Je souffle. Je n'ai pas vraiment le choix.

Je déteste le travail que fait mon père, mais Massimo est bien pire. Ce qu'il inflige à ces femmes et peut-être à des enfants me brûle de l'intérieur.

— On sera là, je grogne avant de mettre fin à l'appel. Il faut que je lui raconte ce qui se passe avec Harper. Je repousse l'inévitable, en essayant de gérer ça nous-mêmes.

— Qu'est-ce qui se passe ?, demande Harper, qui surprend la fin de la conversation.

— Dante a appelé. Il veut qu'Ashton et moi on retourne à la maison cet après-midi. Dès que possible.

Elle pince les lèvres, l'esprit en ébullition. — Ça sonnait urgent. Tout va bien ?

Je n'ose pas lui parler de Massimo ni de ce qu'on soupçonne. Elle a vu les bleus, mais je ne lui ai jamais donné les détails.

Il n'y a aucune raison de l'inquiéter.

Moins elle en sait, mieux c'est.

— Dante a quelque chose sur lequel il veut qu'on l'aide.

La laisser, c'est mal. J'ai une boule de plomb au creux du ventre, l'anxiété me rend nauséeux, et la douleur dans ma poitrine revient. Sauf qu'elle ne vient pas des côtes fêlées ni des hématomes, c'est l'inquiétude.

Avec les menaces et, maintenant, deux types qui se sont pointés sur le campus, je ne peux prendre aucun risque avec ma femme ou mon fils. Surtout quand Ashton et moi ne serons pas là pour la protéger.

— Prépare un sac pour nous et pour Zeke. Tu viens avec nous. Ce n'est pas une question.

Elle me fixe, et j'essaie d'alléger un peu son inquiétude. — Maman sera ravie d'aider avec Zeke, et on rentrera tous dans quelques jours.

Harper m'observe, comme si elle sentait que quelque chose cloche. Sans doute à cause de la sueur sur mon front et de ma voix qui n'a pas tout à fait son timbre habituel.

— Quelques jours chez ta famille, répète Harper.

Elle y réfléchit, clairement, mais si elle dit non, il va falloir que je trouve un autre moyen de la convaincre, parce qu'il n'est pas question qu'elle reste ici sans moi.

— On est dimanche. Je croyais que tu ne travaillais avec lui que le week-end. Les sourcils de Harper se froncent, elle se frotte le front. Elle est au bord de comprendre quelque chose, comme si elle essayait d'assembler les pièces, mais je ne pense pas que ce qu'elle imagine soit près de la vérité.

— C'est aussi l'été, je lui rappelle. — Il m'a laissé plusieurs mois de repos...

— Parce que tu as failli te faire battre à mort. Elle pose les mains sur mon bras et me tire vers elle. — Qu'est-ce qui se passe, Luca ?

— Bébé, faut que je finisse à la plaque. Je force un sourire, mais comme ça ne suffit pas, je tends à Ashton la fourchette pour sortir le bacon de la poêle quand il sera prêt.

J'enlace Harper, la serre fort contre moi. — Tout va bien se passer.

— Tu n'en sais rien, chuchote-t-elle en levant les yeux vers moi, l'inquiétude gravée sur son beau visage. — Tes parents me font peur, et puis cet incident au magasin...

Je me penche, mes lèvres effleurent les siennes avec avidité, j'en prends un avant-goût, essayant de la convaincre que je suis là et que je ne vais nulle part. — Viens avec moi.

Ses doigts s'emmêlent dans mes cheveux à la nuque, et j'approfondis le baiser, je la tire plus près, plus fort, avide de son contact.

— Vous deux, allez vous trouver une chambre. La voix de Nova me fait sursauter.

— Dante nous rappelle pour le boulot, dit Ashton en jetant un regard à Nova.

Sa lèvre inférieure se pousse en moue. — C'est nul. Je voulais qu'on sorte ce soir.

— Promis, je me rattraperai, dit Ashton en envoyant un baiser à Nova. Elle contourne le plan de travail et lui vole un baiser pendant qu'il cuisine sur la plaque. — On pourra toujours avoir nos petits appels vidéo nocturnes.

Je grimace en entendant mon meilleur ami flirter avec ma petite sœur.

Je dépose plusieurs baisers sages sur le nez et les joues de Harper. — Ça te dit de passer le week-end chez mes parents ?

Harper fait la grimace, ses yeux vacillent. — Tu es sûr que c'est une bonne idée ? Zeke peut être épuisant, et je ne suis pas certaine que tes parents m'apprécient vraiment. Ils sont corrects et polis avec moi, mais m'aimer... c'est exagéré.

— Ils ne te détestent pas, ils sont juste... différents.

— Ce sont des mafieux.

Pas la peine qu'elle me le rappelle ; je sais parfaitement qui est mon père. C'est justement pour ça que je la veux sous leur toit. Si je ne peux pas veiller sur elle pour garantir sa sécurité, Dante et ses hommes, eux, le peuvent.

— Oui, je chuchote en me penchant, la taquinant du bout des lèvres.

Je sens son hésitation, je la sens se tendre contre moi.

Mes doigts s'emmêlent dans ses cheveux, guidant ses lèvres vers les miennes. Mes gestes sont brusques mais maîtrisés, je prends les commandes, je lui montre ce qu'elle aura... ou ce qu'elle manquera.

Puisqu'apparemment elle a besoin d'un petit coup de pouce pour ce soir.

Ses lèvres s'entrouvrent, affamées, tandis que je reste tout près sans l'embrasser. Son souffle chaud me caresse la joue. Ses paupières s'alourdissent et elle se penche pour voler une autre bouchée, mais je me retire, joueur. — On n'a pas le temps là, je chuchote d'un ton canaille, mais ce soir—

Harper gémit, et je jure que ce son délicieux me va droit à la bite.

Baise-moi.

Je mordille sa lèvre inférieure et la tire entre mes dents.

Cette fois, elle gémit faiblement, et mon cœur s'emballe, mon corps ne désire qu'explorer chaque centimètre d'elle. Si je ne ralentis pas tout de suite, le trajet en voiture va être très inconfortable.

— Viens avec moi.

Elle cligne des yeux quelques fois et sourit. — Tu sais que c'est ce que je préfère.

Je ris et je pose mon front contre le sien, comme si on était seuls au monde.

J'entends les pas de Nova qui s'éloignent à toute allure maintenant qu'elle en a beaucoup trop entendu.

— Viens avec moi chez mes parents.

Le nez de Harper se plisse à ces mots, et elle fait la moue. — Je veux juste venir avec toi. Ce ton sexy me remue les tripes et fait tressaillir ma bite.

Je pose un baiser sur ses lèvres avant de me reculer à contrecœur. Une minute de plus de *ce* genre de propos, et je la hisse sur mon épaule pour l'emmener dans la chambre, façon homme des cavernes.

Je m'adosse au plan de travail pour m'y appuyer, parce que Harper me fait tourner la tête.

— Prépare un sac.

Elle pince les lèvres puis finit par hocher la tête. — Je prends aussi des affaires pour Zeke. Nova, tu viens avec nous ?

— Ouais, faut que je fasse mon sac. Tu me donnes dix minutes ? Nova s'élance dans le couloir.

— Ça marche. Il faut encore qu'on finisse le petit-déj, qu'on range, et qu'on habille Zeke pour la journée. Je pousse un long soupir quand Harper quitte la cuisine et accepte de nous accompagner ce week-end.

Ashton se retourne vers moi. — Tout va bien ? Tu as vraiment insisté pour que Harper vienne aujourd'hui. Ce n'est pas trop... ton genre, d'habitude.

— Liam est rentré ce matin. Il a chopé quelqu'un devant chez nous.

— Merde. Ashton fronce les sourcils. — C'était trop calme dans le coin après la dernière menace... Il laisse sa phrase en suspens, en jetant un coup d'œil vers le couloir d'où les filles viennent de disparaître. — On sait quelque chose sur le type qui s'est pointé ?

— Liam a pris en photo sa pièce d'identité. Il doit m'en envoyer une copie par texto. Je m'assure qu'on l'ait avant de partir.

Ashton me rend la fourchette. — Tiens, occupe-toi du bacon qu'on puisse filer. Je finis presque les œufs.

Nova et Harper préparent toutes les deux un sac pour la nuit, mais je jure que les filles en mettent pour partir une semaine.

Je ne discute pas les trucs superflus qu'elles emportent. Il y a largement de la place dans le coffre.

Ashton et moi balançons tout dans le coffre. Les filles et Zeke se tassent sur la banquette arrière pendant que je conduis et qu'Ashton prend place devant, à côté de moi.

On bavarde sans arrêt pendant tout le trajet jusqu'au domaine. Nova nous fait jurer de ne rien dire à la maison sur le fait qu'elle sort avec Ashton.

J'échange un regard discret avec Ashton parce que Dante est au courant. Et je suis presque sûr que Moreno aussi.

— T'inquiète, dit Harper. Je suis presque sûre que ce n'est pas le genre de conversation qui va surgir comme ça.

— Je sais, mais ça me stresse toujours. Genre si Papa frappe à la porte de ma chambre et qu'Ashton est dedans, dit Nova.

— Alors dors dans ma chambre. Ashton jette un regard par-dessus son épaule vers Nova. Il tend le bras pour la toucher, comme s'ils ne pouvaient pas se passer l'un de l'autre.

Ça me rappelle quelqu'un.

— Vous pouvez éviter de dormir dans la chambre d'Ashton ? La dernière fois, je vous entendais. Même un casque à réduction de bruit ne vous couvrait pas. C'est un souvenir que je préfère oublier, les surprendre tous les deux au lit.

— Oh, comme si on ne vous entendait pas, vous deux, tout le temps. Ashton lâche la main de Nova et me lance un regard noir. — Je suis content que vous vous entendiez enfin, mais certains aiment faire la grasse matinée.

J'aperçois Harper dans mon rétroviseur qui rit. Ses yeux brillent et ses joues rosissent. Oh, elle est clairement gênée. J'adore ce teint sur elle, cette façon qu'a sa peau de se colorer, et ça me rappelle un autre moment où ses joues prennent ces couleurs-là.

— On n'est pas si bruyants. Je fusille Ashton du regard. — Tu cherches juste à foutre la merde.

— Le langage ! me réprimande Harper.

— Désolé. Je fais une grimace. J'essaie de faire des efforts, de me tenir à carreau devant Zeke.

Avec un peu de chance, il ne prête pas attention et il ne capte pas mon gros mot.

Quand on se gare devant, des nuages d'orage s'amoncellent au loin. La nuit s'annonce longue s'il tonne et si on doit surveiller Massimo sous la pluie.

J'essaie de ne pas me laisser gâcher la journée. On sort de la voiture, Ashton et moi attrapons tous les sacs pendant que Harper détache Zeke et le porte jusqu'à la porte d'entrée, juste derrière Nova.

— On est à la maison ! crie Nova en entrant, nous annonçant.

Ce n'est pas comme si la sécurité n'avait pas déjà un premier signal de notre arrivée quand on doit composer le code au portail. Parfois, un homme monte la garde dehors, au poste de garde ; ça dépend de l'activité autour de Dante ou du niveau de sécurité qu'il juge nécessaire.

J'enlève mes chaussures en entrant le dernier. —

Je monte nos sacs à l'étage. Je lance un regard à Harper, pour être sûr qu'elle m'a entendu, avant de monter.

— D'accord, merci. Harper paraît un peu nerveuse. Ce n'est pas la première fois qu'elle passe la nuit chez mes parents, mais ça fait un moment. Tant qu'elle ne fouine pas, tout ira bien.

Je ressens même un certain soulagement en sachant que Harper et Zeke sont ici. Je n'aurai pas à m'inquiéter pour eux pendant que je suis dehors, et je peux rester focalisé sur Massimo.

J'adorerais me tromper à son sujet, que Massimo ne trafique pas des femmes et qu'il vende seulement de la marchandise contrefaite, mais je doute qu'il fasse dans la lingerie. Ça ne colle pas à un parrain de la mafia.

Deux parrains, une ville.

Rien de bon ne peut sortir de la guerre qui couve entre les deux organisations. Ma loyauté et mon allégeance vont à ma femme, avant tout. Je ferais n'importe quoi pour la protéger, elle et mon fils. Dante vient loin derrière eux, mais je connais ma place, mon boulot et mes responsabilités.

Je n'imagine pas choisir Dante plutôt que quiconque, mais maintenant que je connais Massimo — qui, accessoirement, est mon oncle, de quoi te retourner le cerveau — je ne veux rien avoir à faire avec lui.

Dante est un monstre.

Massimo est le diable.

Et ça fait de moi quoi, l'homme qui exécute les ordres de Dante ?

Je pose le petit sac de Zeke sur la commode de sa chambre puis notre sac à tous les deux sur la commode de la nôtre. J'aime savoir que je dors ici avec Harper.

Rien que ça rend l'idée d'aller me coucher ce soir moins pénible.

Ça fait des années que j'ai du mal à m'endormir sous le toit de Dante. Travailler pour lui n'arrange rien, et chaque jour que je passe ici, je me sens un peu plus épuisé.

Je n'ai pas droit à l'erreur, ça pourrait tuer Ashton ou moi.

Je referme la porte derrière moi et je redescends, le brouhaha me parvient dans les couloirs. C'est rare que la maison soit aussi animée, sauf quand ça chauffe.

Mais aujourd'hui, les voix sont enjouées, amicales, bruyantes. Je n'ai pas l'habitude de voir ça dans cette maison.

En débouchant dans le couloir, je me dirige vers

les rires et les sons joyeux quand j'aperçois Zeke en train de montrer ses pas de danse et Ashton qui passe une musique ridicule sur son téléphone pour l'encourager.

Même Harper danse avec Zeke et, depuis l'embrasure, je réalise qu'ils font les mêmes mouvements.

Un sourire me monte aux lèvres en la regardant avec Zeke ; ça me donne envie de la mettre enceinte.

Je me retiens de traverser la pièce pour lui voler un baiser. J'en meurs d'envie, mais je n'ai pas non plus envie d'arrêter de regarder, parce que sa manière de balancer les hanches me fournit quelques nouveaux fantasmes à tester tous les deux — strip-teaseuse et danseur.

Oui, je suis un mec ; du coup, je pense sans arrêt à Harper et au sexe. Deux de mes obsessions favorites, la troisième étant Zeke.

La chanson se termine et tout le monde, moi compris, se met à les applaudir.

Zeke affiche un grand sourire et applaudit fièrement aussi, puis il s'incline.

Ce gamin est un vrai petit numéro.

— Te voilà, dit Harper en me prenant la main. Elle m'attire dans la pièce avec eux.

Je m'assois sur le canapé et je la tire sur mes

genoux. Je ne me lasse pas de la femme qui tient mon cœur entre ses mains.

Et puis il y a Zeke, qui grandit si vite et va bientôt avoir trois ans. Il adore les dragons et à peu près tous les animaux qui rugissent.

— Luca, tonne la voix de Dante en se campant dans l'embrasure de la porte. Il me fait signe de me lever et de venir. — J'aimerais te voir aussi, Ashton.

— Le boulot m'appelle, je murmure à Harper en posant un baiser doux sur ses lèvres.

— Fais attention. Elle me fixe, des rides d'inquiétude plissant son front. J'y dépose des baisers, comme si ça pouvait balayer ses craintes.

J'aimerais que ça apaise les miennes. Je n'ai pas peur d'affronter Massimo. Ce qui m'inquiète, c'est ma famille.

— Tu sais bien. Je lui vole un dernier baiser avant de suivre Dante dans le couloir et je m'arrête quand il nous entraîne vers le sous-sol.

SEIZE

LUCA

Quand mon père nous emmène, Ashton et moi, au sous-sol, je m'attends à trouver un prisonnier. En secret, j'espère que c'est Massimo.

Le domaine est une forteresse, mais la geôle du sous-sol est sans doute le bien dont mon père est le plus fier. Il se targue de garder les hommes juste le temps qu'il faut pour que son interrogateur fasse son œuvre.

Ensuite, on les fait disparaître de la propriété.

Je n'ai jamais vraiment su ce que cela implique.

Évidemment, ils sont morts, mais les incinère-t-il, les enterre-t-il, noie-t-il leurs corps dans le lac, ou fait-il autre chose de bien plus sinistre ?

J'ai passé de nombreuses nuits sans sommeil

sous le toit de Dante à me demander de combien de façons ils effacent un homme de l'existence sans jamais se faire prendre.

Je suppose qu'on me confiera de tels secrets si mon père veut vraiment que je dirige son empire.

— Pourquoi nous amener ici ? Ashton me suit de près. C'est le premier à poser des questions, signe de son intérêt.

Moi, je me demande surtout comment on compte arrêter les hommes qui menacent ma famille et où les trouver.

— Je voulais un endroit où on puisse parler, planifier, s'exprimer librement. Il nous fait passer devant les cellules, et il y a au fond une porte qui mène à une pièce avec des cartes aux murs, une grande table en bois au centre. Une carte est étalée sur la table.

Ses hommes sont déjà en bas, en train de parler, qui nous attendent.

Je ne suis jamais allé aussi loin dans le sous-sol. La porte ne me surprend pas, mais la pièce derrière, je n'ai jamais su ce qu'elle cachait.

Dante entre dans la pièce et Halsey, le capo, l'un des chefs de ses équipes de soutien, s'écarte et lui laisse la place au centre.

Halsey a sa propre équipe d'hommes qui

exécutent ses ordres, une hiérarchie en soi, qui remonte jusqu'à mon père.

La pièce se tait quand Dante s'avance. Bruno, Alessandro, Nico et Zeno se tiennent autour de la table.

Ashton et moi nous tenons à l'autre bout, près de Moreno.

— Fais-nous un point, Halsey. Dante fixe son capo, le laissant annoncer l'objectif de la mission puisqu'il dirige l'équipe.

— Massimo doit faire une livraison cet après-midi. Halsey pointe la carte de Breckenridge. C'est une version agrandie du secteur, mais ce n'est ni la même route ni la même cabane que là où Ashton et moi avons eu des ennuis.

J'inspire un grand coup.

Rien que l'idée de poser les yeux sur Massimo fait remonter ma colère à fleur de peau.

— C'est quoi, exactement, la livraison ? J'ai besoin de m'assurer que je ne me trompe pas et qu'il trafique des femmes.

— Va voir par toi-même, dit Dante en désignant les caisses dans le coin de la pièce, empilées contre le mur.

Deux grandes caisses, hautes jusqu'au genou, sont empilées l'une sur l'autre.

Ashton reste à la table pendant que je m'approche des caisses. J'ouvre le couvercle et je jette un œil à l'intérieur : de la lingerie féminine, des jouets sexuels et des boîtes de préservatifs jetés pêle-mêle. — Ils trafiquent des femmes ?

— Ils enlèvent des femmes, dit Dante, puis les retiennent en otage, les forcent à... enfin, tu vois l'idée.

Je m'en doute depuis le début, et l'idée me dégoûte aujourd'hui autant qu'il y a des mois.

Je voudrais m'être trompé.

Mon estomac se tord de dégoût.

— Ils ont menacé ma famille, ma femme et mon fils. La colère me brûle les veines. Je balance la caisse au sol ; son contenu se renverse et se répand par terre.

Dante hoche la tête. — On a réussi à leur voler des fournitures, mais ça ne va pas ralentir leur opération. J'ai besoin d'une équipe pour éliminer Massimo et sa bande.

Je me penche et j'aperçois quelque chose qui ne colle pas avec le reste du contenu. Au fond, un dragon en peluche. Le même que Zeke a sur son lit. Sauf que celui-ci a une dague plantée en plein crâne.

DIX-SEPT

HARPER

Luca et Ashton sont partis depuis deux heures. Nova passe l'après-midi à divertir Zeke et à papoter avec moi dans la salle de jeux.

Zeke n'arrête pas de nous montrer tous les nouveaux jouets qu'il découvre. La plupart ont bien vécu ; je suis soulagée que Nikki n'achète pas des dizaines de jouets neufs à chaque fois qu'on vient leur rendre visite.

— Ça te dérange de garder un œil sur lui quelques minutes ? Je souris à Nova tandis qu'elle jette un coup d'œil à son téléphone.

— Bien sûr. Petite pause pipi ?

— Comment t'as deviné ? Mon sourire a l'air forcé, mais j'espère qu'elle ne le remarque pas, absorbée qu'elle est par son téléphone. Elle écrit à Ashton ?

Je dépose un baiser rapide sur la joue de Zeke. — Sois sage avec Tata Nova.

Il m'ignore, me repousse pour le circuit de train qui accapare toute son attention.

Je sors en hâte de la salle de jeux et je descends le couloir, à la recherche de Dante. Je passe devant la salle de bains quand Moreno croise mon regard alors qu'il arrive du fond du couloir.

— Vous cherchez les toilettes ? Moreno arque un sourcil.

Ça ne me surprend pas qu'il ne tolère pas qu'on fouine.

— En fait, je voulais parler à Dante. Vous pouvez m'y conduire ?

— Il est occupé pour le moment. Moreno soupire et désigne la salle de jeux. — Vous feriez mieux d'aller tenir compagnie à votre fils. Cet endroit n'est pas fait pour que vous couriez partout comme une gamine.

Mon regard se rétrécit tandis que je le détaille. — Je ne courais pas. Je m'éclaircis la gorge et je m'avance d'un pas. Moreno me dépasse d'une tête, mais il ne m'effraie pas autant que son patron. Moreno n'a pas la même autorité. Je serre les poings, mes dents se crispent, et je grogne en levant la tête vers lui : — Emmenez-moi voir Dante.

— À vos risques et périls, marmonne-t-il et il me conduit le long du couloir jusqu'à une porte close, dont la vitre est en verre dépoli. — Son bureau.

Moreno frappe à la porte vitrée.

— Entrez. La voix rauque de Dante me donne un frisson le long de la colonne.

Je ne peux pas reculer. Il me faut des réponses.

Moreno m'ouvre la porte. — Harper voudrait te parler. Ils échangent un regard silencieux. — Je l'ai prévenue que tu étais occupé.

— Je le suis, mais je prends du temps pour ma belle-fille. Entre. Dante me fait signe et je franchis le seuil de son bureau, la porte se refermant brutalement derrière moi.

La pièce est bien plus fraîche que je ne l'imaginais, alors que le chauffage tourne à plein régime dans la maison.

Peut-être qu'il aime le froid, ou alors son cœur est vraiment de glace et il refroidit son bureau.

— Assieds-toi. Il désigne la chaise en face de son bureau, le cuir vide, comme si elle m'attendait.

Je m'approche lentement de son bureau puis je m'assieds. J'occupe le bord de la chaise, les mains qui s'agitent sur mes genoux, et j'affronte son regard pesant.

— Qu'est-ce que je peux faire pour toi, Harper ? Les yeux de Dante se durcissent.

— Je dois savoir ce qui se passe avec Luca. Les bleus sur son torse, les côtes cassées. Peu importe où tu l'envoies — un guet-apens, ou je ne sais quoi — tu dois le protéger.

Il ne sourit pas.

Il me transperce du regard, sans laisser paraître la moindre émotion.

Le silence s'installe entre nous, puis un léger boum retentit quand le chauffage se remet en route, et je sursaute presque de ma chaise.

Ça a l'air de l'amuser.

Un sourire de travers lui étire la bouche. — Qu'est-ce que mon fils t'a dit ?

— Absolument rien ! Je me lève, incapable de rester assise pour lui crier dessus. — Luca ne me dit rien. Il a essayé de me cacher ses bleus. Il a fait semblant d'être malade. Tu le sais ? Il a manqué le dernier match de la saison de hockey. Mais c'était peut-être ton but depuis le début. Le tabasser. Le blesser. Comme ça, il ne peut plus jouer.

— Fais attention à ton ton, et je n'aime pas ce que tu insinues, petite.

Je souffle par le nez et je croise les bras sur ma poitrine.

— Je ne suis pas une petite fille. Je suis la *femme* de ton fils.

— Précisément. Tu ne fais partie de cette famille que parce qu'il t'a épousée par protection.

Mon regard se durcit.

— J'aime ton fils. Que tu le voies ou non, Luca compte plus que tout pour moi. C'est pour ça que je suis ici, que j'exige de savoir dans quoi, putain, tu l'as fourré !

Dante se redresse. Ses mains se referment sur le bureau en bois devant lui. — Ça ne te regarde pas, Harper.

— Ça me regarde quand tu renvoies mon mari à la maison presque battu à mort. Je pensais qu'en tant que père tu aurais ses intérêts à cœur, mais tu ne penses qu'à ta propre survie.

Mon regard file à travers le bureau, fuyant celui de Dante. Ma respiration se coupe quand j'aperçois le même dragon gris que Zeke a sur son lit. Luca le lui a offert il y a quelques mois.

Mais celui-ci est abîmé.

Lacéré par... un couteau, ou quelque chose du genre.

Les coutures et la bourre débordent, sans qu'on

ait tenté de réparer. On l'a relégué dans un coin de la pièce, contre le mur, coincé à côté du classeur.

Étrange.

Le regard de Dante me balaie, et quand il me surprend à fixer le coin, il se tourne et jette un coup d'œil par-dessus son épaule vers le dragon.

J'ai envie de demander, mais je m'en abstiens.

S'est-il fâché contre Zeke et s'est-il défoulé sur la peluche ?

Pourquoi a-t-il le même jouet que Zeke ? Est-ce que Luca en avait un quand il était enfant ?

Ou bien appartient-il au petit garçon qui est venu ici l'hiver dernier ?

Dante m'exaspère, et je fais les cent pas devant son bureau. Mon esprit galope avec toutes les possibilités, et mon silence risque de me causer plus d'ennuis. — Je m'inquiète pour Luca. Tu comprends bien pourquoi je suis concernée, vu ce qui s'est passé la dernière fois qu'il a suivi tes ordres.

— Luca est capable de gérer la mission. En fait, il s'est porté volontaire pour passer en premier aujourd'hui.

— Quoi ? Ma voix se coince dans ma gorge. — Non. Je ne te crois pas.

Luca ne veut jamais rien avoir à faire avec Dante.

Il n'y a aucune chance qu'il se propose de lui-même pour une mission dirigée et orchestrée par son père.

— Crois-le. Dante ne cille même pas.

Je ne sais pas si cet homme a des tics, mais je n'arrive pas à le lire. Il ferait un excellent joueur de poker, et un adversaire qu'on n'a aucune envie d'affronter.

— Dis-moi dans quoi tu l'embarques. C'est de la drogue ? Des armes ? Pourquoi il accepte soudain de te rendre service ? Tu as menacé mon fils ? Moi ?

— C'est toi qui t'en es chargée quand tu es descendue dans cette cave. Dante affiche un sourire sinistre, et mon estomac se noue. J'arrête de faire les cent pas et je me laisse retomber dans le fauteuil en cuir.

Ma tête tourne à nouveau sous le poids des regrets.

Je me mords la lèvre inférieure, j'utilise la douleur pour me recentrer en le foudroyant du regard. Je suis venue exiger des réponses. Je ne m'arrête pas maintenant. S'il a la moindre prise pour me nuire, il s'en sert déjà.

Il ne peut pas.

Parce que je fais partie de la famille par mariage.

Une Ricci.

Je me redresse d'un bond et je le toise. Le

dominer d'en haut me donne un sentiment de puissance, de contrôle, et je remarque une lame ouvragée, un poignard, sur son bureau. Je l'attrape avant qu'il n'ait le temps de cligner des yeux. — Si Luca refuse de me dire ce qui se passe, j'attends de toi que tu me donnes des réponses, *Père*.

— Pour toi, c'est *beau-père*, corrige-t-il.

La lame levée dans ma main, je contourne son bureau, et Dante lève les mains en se redressant, m'enlevant mon avantage.

Il est sacrément plus grand et bien plus intimidant quand il se lève et qu'on se retrouve face à face.

Dante m'attrape le poignet, le tire vers le haut si fort que la pointe rase ma nuque. Sa force me submerge et je suis forcée de lâcher la garde. La lame tombe au sol dans un cliquetis.

Son souffle me frôle l'oreille, et je frissonne. — Essaie encore cette connerie, vas-y, je t'en défie. La prochaine fois, je ne serai pas aussi indulgent.

Il me pousse en arrière.

Je trébuche de deux pas, le cœur tambourinant dans ma poitrine, et je me rattrape pour ne pas tomber.

— Assieds-toi. Dante pointe la chaise en cuir vide.

Je préférerais partir, mais il semble que j'ai obtenu mon audience. Je regagne la chaise, et il fait le tour du bureau, se campant au-dessus de moi.

— Qu'est-ce que tu veux savoir ? Il s'installe sur le bord de son bureau, prêt à encaisser le déluge de questions.

— Dis-moi tout ce que Luca ne dira pas.

Dante ricane. — On y passe la journée, et il faut que j'aille vérifier que mon fils ne s'est pas fait tuer.

Je me dresse de ma chaise, et sa main vient se poser sur mon épaule. — Tu ferais mieux d'être assise pour ça. Il marque une pause et se frotte la mâchoire. — Finalement... Moreno ! crie-t-il.

Il se trouve qu'il se tient de l'autre côté de la porte, à attendre Dante.

La porte grince et s'entrouvre, et Moreno passe la tête dans le bureau. — Oui, monsieur.

— Fais venir Nikki.

Moreno referme la porte derrière lui.

Les yeux de Dante se plantent dans les miens. — Tu auras tes réponses, mais pas avant que je sois satisfait.

— Satisfait ? je chuchote.

De quoi est-ce qu'il parle ?

Un poids tombe entre nous, et Nikki déboule dans le bureau d'un pas décidé. Elle passe de Dante à moi et fronce les sourcils. — Qu'est-ce qui se passe ?

— Harper veut des réponses, et même si j'adorerais envisager de les lui donner, j'ai besoin que tu la fouilles. À fond.

— Pardon ? Mes yeux s'écarquillent et je les regarde tour à tour.

— Tu pourrais porter un micro. Dante désigne mes vêtements. Vu que je suis ton beau-père, je ne vais pas me salir les mains avec la fouille. Nikki, fouille-la.

— Tu es sûr que c'est—

— Fouille-la, crache-t-il entre ses dents serrées.

— Compris. Tu nous laisses, s'il te plaît ? Nikki reconduit Dante hors de son propre bureau et referme la porte derrière lui.

Elle me détaille du regard, sans doute en attendant que je me déshabille. Je ne bouge pas d'un millimètre.

— Je dois te faire une fouille à nu, ou on fait ça comme des adultes et tu te déshabilles complètement ?

— Je ne me déshabille pas pour toi. Je ne me déshabille pour personne dans cette maison à part mon mari.

— Tu comprends que si je ne suis pas

convaincue que tu ne portes pas de micro, Dante fera fouiller ses hommes ?

Je soulève mon pull et lui montre mon soutien-gorge en dentelle. — Satisfaite ?

Nikki secoue la tête et s'adosse à la porte. — Tout. Enlève tout. Et ce n'est pas pour me satisfaire. Il faut que je sache qu'on peut te faire confiance, et tu n'as pas vraiment inspiré ce niveau de confiance, pas vrai ?

Je ricane. — C'était une seule fois que je fouinais. Lâche l'affaire.

— Ce serait facile si on pouvait te faire confiance. On s'est mis en quatre pour toi et ton fils. Maintenant, dis-moi ce qui t'a amenée dans le bureau de Dante.

— Je veux savoir ce qui se passe avec Luca. J'enlève d'abord mon pull, et Nikki tend la main, voulant inspecter chaque vêtement.

— Qu'est-ce que tu veux dire ? Qu'est-ce qui se passe avec mon fils ? demande Nikki.

Quand je ne porte plus que mon soutien-gorge et ma culotte, elle me fait tourner sur moi-même pour s'assurer qu'il n'y a rien dans mon dos. — Soutien-gorge et culotte aussi. J'ai déjà vu des micros planqués dedans.

Les yeux au ciel, j'enlève mon soutien-gorge et ma culotte et je lui lance les deux. — Amuse-toi.

Elle les examine puis me les rend. Convaincue que je ne porte pas de micro, elle me rend mes vêtements. — Maintenant, c'est quoi, cette histoire avec Luca ?

— Les bleus. Les côtes fêlées. Je veux savoir ce qui se passe. Je me rhabille et son regard se durcit.

Elle ignore tout de ses blessures. — Quand est-ce que c'est arrivé ?

— Il y a des mois, au printemps. Il a raté le dernier match de hockey de la saison à cause de ses blessures.

Je réussis à enfiler mon pantalon, et j'ai à peine passé les bras dans mon pull que Nikki déboule dans le couloir, face à son mari. Je tire sur l'ourlet avant que qui que ce soit d'autre voie mon soutien-gorge.

— Dans quoi tu as embarqué notre fils, bon sang ? Nikki bouillonne, et je suis contente de voir qu'elle est au moins de mon côté.

Enfin, plus ou moins.

— Détends-toi. Dante pose les mains sur les épaules de Nikki. Sa voix reste posée, mais ça ne calme en rien mes nerfs.

— Ne me dis pas de *me détendre*. Elle repousse

ses mains. — Dans quoi tu as embarqué notre fils ? Qu'est-ce que tu lui as fait faire ?

Il fait signe à Nikki d'entrer dans son bureau.

Il va me virer ?

— Des micros ? Des mouchards ? Des dispositifs d'écoute ? demande Dante en me détaillant.

— Elle n'a rien sur elle. Qu'est-ce qui se passe avec Luca ? Nikki foudroie son mari du regard, et pour la première fois, je ne sais plus qui a réellement le dessus.

Le tableau a quelque chose de fascinant. Manifestement, elle ne prend pas ses ordres de lui.

— Ton frère revient dans le paysage.

Les yeux de Nikki s'écarquillent. — Massimo ? Elle recule jusqu'au bureau, et Dante la guide pour qu'elle s'assoie dans son fauteuil.

J'observe, fascinée, la manière dont il la traite, comme une reine.

— Pourquoi tu ne m'as pas prévenue ? Nikki semble oublier que je suis là, ou peut-être s'en fiche-t-elle.

— Je ne pensais pas que tu voulais savoir. Les yeux de Dante tressaillent, et je soupçonne qu'il ment.

— C'est toi qui ne voulais pas que je sache. Nikki secoue la tête. — Quel rapport avec notre fils ?

— Je n'étais pas sûr de qui se cachait derrière l'opération de contrebande. Je me doutais que c'était lié aux DeLuca, mais je ne m'attendais pas à ce que ce soit ton frère.

— Dès que tu l'as su, tu aurais dû venir me voir ! Nikki se lève et se dirige vers la porte.

Dante est tout de suite là, lui barrant le passage, la tirant contre lui.

Manipulateur de merde.

— On ne sait que c'est Massimo que grâce à Luca.

Elle souffle et se dégage de ses bras. — Ça ne me rassure pas pour autant.

Je m'assois au bord du fauteuil en cuir, captivée, étonnée que Dante ne me vire pas de son bureau.

Il m'oublie sans doute, ou plutôt je ne suis qu'un minuscule problème à côté de sa femme.

— Tu sais que j'envoie toujours les équipes par deux. Ashton et Luca ont fait un peu de surveillance ; ça a juste... mal tourné.

— Qu'est-ce que ça veut dire, au juste ? Nikki avance, empiétant sur l'espace de Dante.

Il garde le silence.

Nikki répond à sa place. — Ça veut dire que Luca est rentré au printemps dernier avec des bleus sur le torse et des côtes cassées.

— Je lui ai laissé le temps de guérir. Dante esquisse un sourire.

— C'est pour ça que mon fils n'est pas venu ici de tout l'été ? Et moi qui pensais que tu le laissais enfin passer du temps avec sa famille ! Elle lui tape le bras. — Connard. Tu n'aurais jamais dû me mentir.

Dante fait glisser ses mains le long des bras de Nikki, essayant de l'apaiser. — Je ne t'ai pas menti, chaton, j'ai juste évité de te raconter toute l'histoire.

— Ça revient au même, putain, crache-t-elle. — Il est où, notre fils, maintenant ?

Dante promène son regard de Nikki à moi. — Cette fois, j'ai envoyé Luca et Ashton avec Halsey et son équipe.

— Attends— Nikki lève une main. — Tu as envoyé les garçons seuls la dernière fois ? Mais à quoi tu pensais ? Tu voulais faire tuer mon fils ?

— C'est *notre* fils, crache-t-il, sur la défensive.

— Et tu l'as quand même mis en danger ! Nikki fulmine et ses joues rougissent.

Dante a l'air un peu mal à l'aise. — Je me disais qu'ils ne seraient pas reconnaissables et qu'ils garderaient leurs distances. Clairement, j'avais tort. Je ne referai pas cette erreur.

— Et tu as intérêt. Si tu t'attends à ce que notre fils reprenne un jour les affaires de la famille, tu ferais mieux de t'assurer qu'il reste en vie. Nikki lui retape le bras puis revient s'asseoir dans son fauteuil en cuir.

Dante la regarde de près, un sourire aux lèvres. L'air bourdonne d'électricité, une chaleur crépite entre eux.

Nikki lève les yeux vers moi. C'est la première fois qu'elle me prête attention depuis qu'elle m'a fait me mettre à poil. — Harper, tu peux disposer.

Depuis le fauteuil de Dante, la façon dont Nikki tient la pièce fait difficilement croire que ce n'est pas elle qui commande.

Mes lèvres s'entrouvrent et je soupire. J'apprécie ce que j'ai appris, mais je ne suis toujours pas rassurée sur ce qui se passe avec Luca ni sur sa sécurité.

Je me lève de mon siège sans bouger vers la porte. — Dans quoi est impliqué mon mari ?

Dante me jette un regard par-dessus son épaule. — Ma femme t'a donné un ordre.

— Et je suis venue ici pour avoir des réponses au sujet de Luca.

— On t'a dit tout ce que tu vas entendre. Dante pointe la porte.

— Tu m'as fait me mettre à poil pour me dire que son frère, Massimo, est derrière je-ne-saisquelle merde ? Je ricane, l'absurdité de la chose me brûle.

Ils viennent de se payer ma tête ?

Dante s'approche de la porte du bureau et l'ouvre d'un coup sec. — Tu peux disposer, Harper.

Je regarde Nikki par-dessus mon épaule, en espérant désespérément qu'elle m'aide. Elle arque un sourcil. — Tu l'as entendu.

Je jure entre mes dents et je sors du bureau en martelant le sol. Sauf que je porte des chaussettes, et mes pas lourds s'étouffent sur le marbre.

DIX-HUIT

NIKKI

— Tu me surprends, chéri. J'incline la tête, lui faisant signe d'approcher d'un doigt.

Dante verrouille la porte du bureau et me soulève de sa chaise, posant mes fesses sur le bord de son bureau.

Il m'écarte les genoux et se poste entre mes cuisses.

— Ça va comme ça ? murmure-t-il contre mon cou, son souffle me chatouillant la peau avant qu'il ne dépose un sillage de baisers chauds derrière mon oreille.

— Tu continues à faire peur à Harper tout en nous menant par le bout du nez, tous les deux.

J'attrape la cravate de Dante et j'attire sa bouche jusqu'à la mienne.

Je ne l'embrasse pas.

— Tu ne m'as pas tout dit pendant qu'elle était ici. Qu'est-ce que tu as passé sous silence ?

J'attends que Dante m'explique tout.

Déjà, grâce à Harper, je sais que mon fils s'est fait briser les côtes, par mon frère ou par ses hommes. Du pareil au même.

Dante n'a pas mentionné que mon fils a été blessé en mission. C'est moi qui ai dû l'aborder. Quoi d'autre me cache-t-il ?

Ses lèvres planent au-dessus des miennes. — Rien d'important, chaton.

Il se penche encore, et je recule sur le bureau. — Tu ne peux pas me mentir. Je n'ai qu'à aller demander à Moreno. Lui sera franc si toi tu ne l'es pas.

Les yeux de Dante lancent des éclairs ; il se recule et lève les yeux au plafond.

Je sais comment le faire sortir de ses gonds.

— Moreno est mon bras droit. C'est à *moi* qu'il rend des comptes. Sa langue sort, effleure le coin de ses lèvres. C'est un tic quand il cogite et qu'il me retient des choses.

Je croise les jambes, mes pieds le repoussent un

peu plus loin.

— Tu comptais me dire que mon fils s'est fait agresser lors d'une de *tes* missions ? Je crache. — Ça fait des mois que l'attaque a eu lieu. Tu aurais dû me dire la vérité !

— Pourquoi ? Pour que tu t'inquiètes à l'idée que Massimo rôde dehors et menace notre famille ? Je m'en occupe.

En grimaçant, je secoue la tête. — Je connais ce regard. Tu me caches quelque chose.

Dante se tait un long moment.

Le silence s'étire.

Il ne va vraiment pas me répondre ?

Je descends du bureau et je me dirige d'un pas nonchalant vers la porte du bureau.

Il m'attrape le poignet et me ramène contre lui. — Tu crois aller où, chaton ?

— Chercher des réponses. Si tu ne me les donnes pas, tes hommes le feront. Je me dégage de son emprise, mais ses mains retombent sur ma taille, son toucher est chaud, sensuel.

Je suis mariée depuis assez longtemps pour savoir ce qu'il essaie de faire — me distraire.

Dante a beau être leur supérieur, ils me craignent presque autant qu'ils le craignent. Ils me cachent peu de choses, et ce qu'il me dissimule finit toujours par sortir.

— Massimo a menacé Harper et Zeke. Quand Luca s'est fait agresser au chalet, il a juré de déchirer la famille.

Je recule et bute contre la porte. À voir le visage de Dante, il vient de me dire tout ce qu'il garde pour lui depuis des mois.

— Il faut l'arrêter. Mes yeux brillent rien qu'à penser à ce petit garçon, Zeke.

— C'est déjà enclenché. Détends-toi, chaton. Je gère. Harper et Zeke sont en sécurité sous notre toit. On a deux des hommes les plus solides ici pour protéger la famille. Il parle de Moreno et de lui-même.

Je comprends pourquoi Moreno reste en arrière. Très souvent, c'est lui qui mène la charge, et le capo suit ses ordres.

— Tu as envoyé notre fils arrêter Massimo. Il va se faire tuer !

Luca devrait rester ici lui aussi, pour protéger sa famille, pas pour se battre pour la nôtre. Je sors du bureau à grandes enjambées et je tombe sur Moreno, qui a le téléphone collé à l'oreille.

— C'est mon fils, au bout du fil ? Je l'interromps,

me fichant qu'il me soit hiérarchiquement bien supérieur.

Je ne me plie pas à la chaîne de commandement de la mafia.

Le regard de Moreno se durcit sur moi. Il couvre le combiné. — C'est Halsey, il me fait un point de situation. Tu veux que je transmette un message à Luca pour toi ?

— Dis à Halsey que s'il arrive quoi que ce soit à mon gamin, il est mort.

— Nikki, dit Dante d'une voix envoûtante. Mais ça ne marche pas sur moi. — Reviens au bureau. On va *parler*.

Je balance les hanches en me dirigeant vers l'escalier, et Dante se précipite hors du bureau pour me sauter dessus, sans même me laisser grimper les marches. Il me retourne face à lui, ses bras serrés autour de moi pour m'empêcher de bouger.

— T'es une putain de sauvageonne.

Je souris de travers, très consciente de ce qui l'agace. — Tu vas faire quoi, alors ?

Il grogne et m'embrasse avant de me jeter sur son épaule et de me porter sur deux étages.

Je suis surprise qu'on atteigne le couloir, mais on n'arrive pas jusqu'à la chambre.

Sa bouche est sur mon cou, ses doigts déchirent mes vêtements, gestes désespérés, frénétiques, nourris par la passion.

DIX-NEUF

LUCA

Nous roulons dans trois véhicules appartenant à Dante, jusqu'au point indiqué sur la carte. Ashton et moi voyageons ensemble, mais c'est Halsey qui conduit.

— Luca, il y a un jeu de lames à l'arrière, sous le siège, attrape-les pour moi, s'il te plaît ?

— Bien sûr. Je ne sais pas vraiment ce qu'il compte en faire, mais je récupère un coffret en cuir noir à fermoir pression que j'ouvre.

— Prenez-en deux chacun. Glissez-les le long de la tige de vos bottes. J'ai des armes sur la banquette arrière aussi. Prenez ce dont vous pensez avoir besoin. Ça peut dégénérer salement.

Les poignards sont superbes, et je les glisse prudemment dans mes bottes, en m'assurant qu'ils tiennent bien.

Ashton en attrape deux lui aussi et les examine un instant. — C'est nécessaire ? Je suis plus à l'aise avec un flingue.

— Tu ferais mieux de rester *en vie*. Halsey garde les mains sur le volant en suivant son équipe ; nous fermons la marche à l'approche. — Ne refuse jamais une arme.

On ne fait pas dans la discrétion.

Pas moyen de surprendre l'ennemi. Une fois de plus, on n'a pas l'effet de surprise. Et en plein jour, ça n'aide pas.

En fait, ça fait des kilomètres qu'on traverse le néant, et il n'y a pas grand-chose aux alentours.

Quatre fourgons blancs s'étalent sur la piste forestière, qui ne s'élargit qu'à peine, le passage tassé et manifestement déjà emprunté.

Chaque fourgon est garé côte à côte, aligné, débordant sur le sous-bois.

Nous bloquons leurs véhicules en nous rangeant derrière les fourgons, en nous alignant, pour être sûrs qu'ils ne puissent pas descendre la montagne sans devoir nous affronter d'abord.

Le fourgon le plus proche a la porte arrière

ouverte, et des jeunes filles — des adolescentes — sont poussées à l'intérieur comme du bétail, par deux hommes.

Au loin, une autre route serpente jusqu'au sommet, et même si nous sommes le seul passage pour redescendre, j'aperçois un conteneur maritime rouge sombre, portes ouvertes.

Est-ce là qu'on a retenu les filles ?

Personne ne vient de ce côté.

Deux hommes face à toutes ces filles.

On peut les submerger et arrêter tout ça avant que ça ne tourne au bain de sang et que les filles soient blessées.

La colère m'envahit. Une nausée me submerge, et je saute du 4x4 le premier, en quête d'air.

Halsey et les autres sont hors des véhicules en quelques secondes, armes au poing.

La montagne atténue la chaleur, le couvert des arbres n'offre qu'un maigre répit alors que je transpire et que j'ai l'estomac retourné.

Dante est-il au courant ?

Je pensais qu'il s'agissait de femmes, des adultes.

Pas que ça rende les choses vraiment plus acceptables, mais le fait que ce soient des enfants, je ne vois plus clair.

Mon cœur cogne violemment dans ma poitrine,

chaque inspiration est une bouffée arrachée. Les deux hommes nous jettent un regard, bousculent les filles plus vite dans le fourgon et lèvent leurs armes.

Aucun signe de Massimo, l'homme qui a menacé ma femme et mon fils.

C'est lui que je veux voir crever plus que tout, mais les types qui trafiquent des enfants, je n'ai aucun problème à mettre fin à leur misérable existence.

L'homme de droite lève son arme, et je me plaque derrière la portière, m'en servant comme couverture.

C'est lui qui tire le premier.

Des coups de feu éclatent tout autour et, en quelques secondes, les deux hommes giclent de sang et s'affaissent au sol, inconscients.

Ils ne font pas le poids face à notre équipe.

La porte du fourgon est entrouverte, les filles visibles, mais elles ne bougent pas, figées par la peur ou inquiètes de se faire tirer dessus.

Le silence ne dure que quelques secondes avant qu'une nouvelle salve n'éclate au loin.

Les balles sifflent, l'une d'elles percute la porte métallique du fourgon, et la brune la plus proche se replie plus au fond, avec les autres.

Elles se serrent, terrifiées, recroquevillées au sol, de peur que les balles ne traversent le fourgon.

Pour l'instant, personne ne tire sur les filles.

— On est là pour vous aider, dis-je, en espérant qu'elles nous fassent confiance. J'avance la main, mais la plus proche secoue la tête, refusant de sortir.

Ashton est juste à côté de moi, arme au poing. — Regarde si les clés sont sur le contact. Il tire quelques balles pour nous couvrir.

Le fourgon est garé au bord d'un ravin. Personne n'est assez idiot pour se planquer en contrebas, ce qui me permet d'utiliser le fourgon comme couverture pendant que je me faufile jusqu'à la porte conducteur.

J'essaie la poignée et découvre qu'elle est ouverte. J'ouvre : pas de clés sur le contact.

Des balles éclatent la vitre et me forcent à me baisser.

Merde.

— Pas de clés, je crie à Ashton, en espérant qu'il ait un autre plan génial, parce que celui-là, non. — Tu sais faire un pontage ?

J'aperçois, à travers la vitre de la porte passager, deux des hommes de Massimo qui se rapprochent du fourgon.

— Pas sous une pluie de balles. Faut se replier.

— La meilleure idée que j'entends de la journée, je marmonne en me repliant fissa pour avoir plus de couverture.

Une des portes à l'arrière du fourgon blanc et sale reste ouverte, criblée d'impacts, mais elle offre encore un abri correct pour éviter de se faire descendre.

Au moins, ils ne nous canardent pas pendant que les filles sont dedans.

Profitant que nos hommes tirent et reprennent un instant l'avantage, Halsey jaillit de derrière la portière conducteur de sa bagnole pour nous rejoindre au fourgon.

Je m'attends à ce qu'il aboie des ordres.

Il jette un coup d'œil à l'intérieur, l'expression sombre. — Merde, ils sont nombreux. Son regard quitte les filles pour glisser au-delà de la porte arrière, vers les trois autres véhicules prêts à embarquer d'autres filles. — C'est plus gros que prévu.

J'ai la bouche sèche. Je n'aime pas entendre que le capo aux commandes a l'impression qu'on n'est pas pleinement prêts pour ce combat.

— S'il vous plaît, aidez-nous, supplie une voix fragile depuis l'intérieur du fourgon.

Sa voix me rappelle Harper et ça me fait vaciller. On est là pour mettre fin à l'empire DeLuca qui a pris de l'ampleur et semé le chaos. Pourtant, je ne vois aucun signe du type derrière le réseau de traite.

— Il est où, ce putain de Massimo ?

— Si tu le trouves, bute-moi ce salaud, dit Halsey. Il tire encore plusieurs coups avant de se mettre à couvert et de changer le chargeur de son arme.

D'autres rafales emplissent l'air, les balles frappent le fourgon, et des cris éclatent chez les filles qui se recroquevillent et se serrent davantage.

Leurs larmes et leurs appels au secours me retournent les tripes.

Comment Massimo peut-il s'en prendre à des enfants innocents, des petites filles, pour faire tourner son business immonde.

— Restez au sol, ne bougez pas, j'ordonne, en essayant de les garder en vie.

Des bottes martèlent la terre, les feuilles et les branches qui craquent, comme une ovation qui nous fonce dessus. Ce ne sont pas un ou deux hommes de main, mais des dizaines qui déferlent.

On se fait submerger, encore une fois.

Je ne vois pas d'où ils arrivent. Il doit y avoir une base, un point d'appui tout près. Peut-être juste derrière le conteneur.

Les balles ricochent et éraflent la peau des filles tandis qu'une pluie de plomb arrose partout depuis la ligne de front, criblant les quatre fourgons à l'aveugle, sans retenue.

C'est du tir au jugé, sans contrôle ni précision.

Alessandro, un des hommes de Halsey, tire depuis derrière le fourgon le plus éloigné, et une averse de balles se déchaîne en sa direction.

Il est cloué sur place, mais il essaie d'éloigner les hommes des filles.

Il va se faire buter.

— Couvrez-moi. Ashton ne me laisse même pas le temps de répondre : il jaillit de derrière la porte arrière du fourgon vers le véhicule suivant.

Halsey et l'équipe arrosent l'ennemi, ce qui laisse à Ashton assez de temps pour courir sans se faire toucher.

La tactique est dangereuse, et je me demande bien ce qu'il mijote.

Il essaie la porte arrière d'un autre fourgon, mais elle est verrouillée. — Y a quelqu'un là-dedans ? Il frappe du poing sur la tôle.

Je n'entends rien avec ce vacarme, mais je jette un coup d'œil à Ashton depuis l'angle de la porte du fourgon, en faisant gaffe à ne pas me montrer.

Il gesticule et acquiesce, me signifiant clairement qu'il y a d'autres filles dans le deuxième fourgon.

— Il faut attirer les hommes de DeLuca loin des véhicules.

— Si on fait ça, on est tous morts. Halsey secoue la tête, pas d'accord.

Si on ne peut pas partir avec les véhicules, alors il faut les neutraliser et garder les filles sur place. C'est notre meilleure chance d'empêcher qu'on les déplace.

Je me penche et je récupère la lame glissée dans ma botte.

— Couvre-moi. Je m'attaque au véhicule le plus proche, je lacère les deux pneus arrière, j'éventre le caoutchouc avec la dague.

Je reste hors de vue, je tranche le pneu avant côté conducteur. C'est le mieux que je puisse faire : trois sur quatre sans me transformer moi-même en cible.

Je me replie derrière le véhicule ; les types ne me remarquent pas, occupés à arroser Alessandro de balles.

Il est toujours cloué au sol, mais vivant.

Bruno contourne les véhicules et s'enfonce plus loin dans les bois ; il élimine des hommes aussi vite qu'il peut, sans être vu. Il les cueille un par un, se déplace en silence et avec une rapidité fulgurante, change sans cesse, pour s'assurer de ne pas devenir une cible.

Ashton et Alessandro remarquent ce que j'ai fait au véhicule et tous deux taillent les pneus arrière des fourgons devant eux.

Ça les ralentira s'ils essaient de partir, mais ça n'arrête en rien le déluge de balles qui s'abat sur nous.

Je n'ai pas encore tiré avec l'arme que Halsey m'a donnée. Ils sont trop nombreux à arroser dès que je risque un œil au bord du véhicule.

Putain.

Les hommes de Dante sont formés pour ce genre d'assaut.

Derrière Halsey, j'aperçois un homme en costume qui détale à pied. Je ne vois pas qui c'est, mais sa tenue, le fait qu'il s'enfuie, me donne la chair de poule.

Tout mon être hurle que c'est Massimo.

L'homme file dans les bois, et je me faufile entre les véhicules en sprintant, les balles sifflent ; je jurerais sentir la chaleur de l'une me frôler.

Je ne sens aucune douleur.

Et qu'il s'agisse d'adrénaline ou d'un tir passé

tout près, je n'ai pas le temps de ralentir ni de m'examiner pour vérifier si une balle m'a atteint.

L'assaillant dévale le flanc de la montagne et je dévore la distance, je le poursuis, je le rattrape.

Je vais plus vite, mais la montagne est raide et impitoyable.

Des coups de feu claquent au-dessus de nous ; plus nous avançons, plus ils paraissent lointains, mais pas moins nombreux.

Avec un peu de chance, nos hommes tiennent leurs positions, voire les débordent.

Tirer sur une cible en mouvement est trop aléatoire pour moi, et je ne peux pas viser en courant. Le mieux, c'est d'attraper le salaud qui s'est barré.

Je me jette sur lui, je le plaque au sol, mon poing martèle son visage.

Un rire lui secoue la poitrine.

Sombre.

Sordide.

Il tourne légèrement la tête pour ne pas avoir le visage écrasé contre la terre. — Tu crois vraiment que tu as gagné ?

Cette voix. Impossible de ne pas la reconnaître, tant elle hante mes rêves.

Massimo.

Évidemment, *lui* a pris la fuite.

Il ne veut surtout pas finir criblé de balles dans l'échange de tirs.

Ses hommes sont jetables.

Les filles aussi, sans doute, à ses yeux.

Écœurant.

Je me mets à califourchon sur lui et j'abats coup après coup sur son visage.

Le sang me poisse les phalanges et imbibe mes vêtements pendant que je lui défonce la gueule sans relâche.

— Tu as menacé ma famille ! Un autre coup en pleine figure.

Il est où, mon putain de flingue ?

Je l'ai quand je cours et que je le poursuis, mais entre l'élan et le moment où je lui saute dessus, il n'est plus dans ma main.

Il y a des feuilles et des branches cassées. Des arbres et des ombres qui dansent sur le sol. Pas de trace de mon flingue au premier regard, mais il peut être n'importe où.

Massimo a une arme ?

Je n'en vois aucune sur lui : je le maintiens coincé sous mon poids, le visage dans la terre, les bras bloqués dans le dos.

Une autre salve, plus lourde, crépite au-dessus de nous, puis tout retombe dans un silence total.

Mon estomac se retourne : je ne sais pas si Ashton est encore en vie. Si les hommes de Dante ont remporté l'affrontement ou si, d'une seconde à l'autre, ceux de Massimo vont dévaler la montagne à la recherche de leur don — et que ce soit mon tour d'y passer.

VINGT

HARPER

Il se passe quelque chose de sinistre sous ce toit.

Nova joue sur son téléphone, à peine attentive à Zeke, mais il s'occupe dans la salle de jeux avec le circuit de train, qui le fascine.

Je m'adosse au mur, d'où j'ai une vue sur le bureau de Dante.

Il faut que je récupère ce dragon en peluche.

Zeke a le même à la maison.

La même couleur.

La même taille.

Je n'y prêterais pas attention, si ce n'est qu'on l'a éventré violemment, le visage du dragon arraché.

Est-ce que c'est celui de l'enfant du sous-sol ?

Je sais que Luca m'a dit que tout va bien. L'enfant

est en sécurité, mais comment ce petit garçon peut-il l'être si la mafia a assassiné sa famille ?

Ils ne devraient pas payer pour ce qu'ils ont fait ?

Ils ont détruit sa peluche, son jouet préféré, pour le menacer ?

Nova ne me prête aucune attention, et je sors du bureau quand je vois Dante porter Nikki à l'étage.

Il y a moins d'hommes de Dante que d'habitude. Avec un peu de chance, personne ne fait attention à moi : ils sont trop occupés à faire je ne sais quoi toute la journée.

Je file au bureau de Dante et je frappe pour la forme.

Si quelqu'un regarde les caméras sans savoir que Dante est monté en douce avec sa femme, il pensera peut-être qu'il est dans son bureau.

J'entre et je referme la porte derrière moi.

Au moins, il n'y a pas de caméras dans son bureau.

Je traverse la pièce en hâte et j'attrape le dragon en peluche. En y regardant de plus près, on dirait que c'est un couteau qui a fait ça.

Le poignard qui était sur le bureau tout à l'heure n'est plus en évidence. J'essaie le tiroir, mais il est fermé à clé.

Je coince la peluche dans le creux de mon bras et

je sors en hâte du bureau de Dante pour retourner vers la salle de jeux. — Zeke, ça te dirait d'aller au parc ?

Je ne laisse pas mon fils avec des monstres.

J'ai confiance en Nova avec Zeke, mais pas en Dante et Nikki seuls avec lui.

— Oui ! Il pousse un cri aigu et se précipite vers moi.

Nova relève les yeux de son téléphone. — On devrait leur dire où on va.

— Je les ai déjà prévenus.

C'est un mensonge facile et je force un sourire. — Tu peux rester ici si tu veux un peu de calme.

— Ça ne te dérange pas ? Nova croise mon regard une fraction de seconde.

— Pas du tout. On revient dans une heure. Deux, max. Je prends la voiture de Luca.

— D'accord. À tout à l'heure. Amusez-vous bien.

J'enfile les chaussures de Zeke puis les miennes. Je garde le dragon calé sous mon bras et je sors jusqu'à la voiture, où j'attache Zeke sur la banquette arrière.

— Maman, mon dragon. Zeke montre la peluche, dont je coince la tête sous mon bras pour qu'il ne voie pas trop les dégâts.

Inutile de le bouleverser.

— Et si tu comptais tout ce qui est rouge par la fenêtre ? je propose, pour le distraire. Il apprend à compter.

Il hoche vigoureusement la tête. Je l'attache dans son siège auto, je referme la porte et je m'installe devant, en posant le dragon en peluche sur le siège passager à côté de moi.

Je suis soulagée que Nova n'insiste pas pour nous accompagner. Je m'avance jusqu'au portail et j'appuie sur l'interphone pour sortir.

L'interphone grésille et, aussitôt, une voix râpeuse que je ne reconnais pas tout à fait crache dans le haut-parleur.

— Vous allez où ?

Ça ne ressemble pas à la voix de Dante, mais c'est peut-être lui. La voix est un peu étouffée par l'interphone.

— J'emmène Zeke au parc, et on prendra peut-être quelque chose à grignoter, il fait chaud. Je ne dis pas le mot *glace* pour éviter de ne pas tenir parole. Il serait inconsolable.

Ça a l'air de satisfaire l'homme à l'autre bout de l'interphone, et il m'ouvre le portail.

Les battants s'ouvrent lentement et, une fois

écartés, je tourne à gauche vers le parc avant de revenir par une autre route, à l'opposé de la maison, en direction du commissariat.

— Maman, tu conduis bizarre, dit Zeke, et je le regarde dans le rétroviseur.

— Tu comptes le rouge, champion ?

— Un. Deux.

Dix minutes plus tard, je me gare devant le commissariat, je détache Zeke et je le porte à l'intérieur. J'ai Zeke sur une hanche et, dans l'autre main, la peluche éventrée. J'essaie de la tenir hors de sa portée et de son champ de vision, car s'il la voit, je redoute ce qui va se passer.

Un agent d'une cinquantaine d'années est assis derrière l'accueil. Il me dévisage, remarque que je porte Zeke et m'adresse un signe de tête poli. — Je peux vous aider ?

Mon souffle se coince dans ma gorge.

Je suis nerveuse ?

Je suis terrorisée.

Mais la peur ne me contrôle pas.

Dante est un monstre.

Il a enlevé un petit garçon et assassiné toute une famille.

Il faut l'arrêter.

Pour protéger mon fils et ma famille, je n'ai pas d'autre choix que de faire tomber Dante Ricci.

À suivre…

Poursuivez l'histoire dans Between Steel and Secrets (Crimson Ice, livre 5), disponible chez Willow Fox.

La trahison s'infiltre au cœur de la mafia, et ceux qui cherchent à fuir ou à dévoiler des secrets risquent aussi de verser leur sang.

Luca ferait n'importe quoi pour protéger sa famille…

Y compris lui cacher des secrets,

Parce que le secret le plus dangereux pourrait l'envoyer derrière les barreaux…

Travailler pour la mafia n'est pas seulement mortel, c'est criminel.

Liam et Bristol ont un passé orageux…

Ils se détestent.

Et leur premier rendez-vous n'est pas différent.

Mais cette étincelle indéniable est toujours là...

Même s'ils fréquentent des universités différentes, ils se croisent, et quand ça arrive...

Liam a l'occasion de devenir le héros de Bristol ou le méchant de son histoire.

En enfant de la mafia, quelle voie choisit-il ?

A PROPOS DE L'AUTEUR

Willow Fox aime écrire depuis qu'elle est au lycée (il y a bien longtemps). Ses romances de petite ville reflètent la vie dans une petite ville de l'Amérique rurale.

Qu'elle écrive des romances ou qu'elle s'assoie près d'un feu de camp pour lire un bon livre, Willow aime la magie des mots écrits.

Elle rêve d'être transportée et espère le faire pour ses lecteurs !

Visitez son site Web à l'adresse suivante :

https://authorwillowfox.com

AUSSI PAR WILLOW FOX

Aigle Tactique

Révélation : Jaxson

Furtif : Mason

Dissimuler : Lincoln

Clandestine : Jayden

Mariages Mafieux

Vœu Secret

Vœu Captif

Vœu Sauvage

Vœu Non Consenti

Vœu Impitoyable

Frères Bratva

Boss Brutal

Boss Vicieux

Boss Possessif

Boss Obsessif

Boss Dangereux

Père, célibataire et autoritaire

Le Milliardaire Grincheux

Grincheux des montagnes

Le Célibataire Grincheux

Ice Dragons Hockey Romance

Faux-semblants avec le Milliardaire

Défier le Joueur de Hockey

Faire Arrêter Le Joueur De Hockey

Glace rouge sang

Entre lames et sang

Entre glace et serments

Entre feu et gel

Entre péché et silence

www.ingramcontent.com/pod-product-compliance
Lightning Source LLC
LaVergne TN
LVHW100514110826
845146LV00002B/637

* 9 7 9 8 8 8 6 3 7 3 2 6 4 *